私が食べた本　目次

本について

書く、読む、自著について

新しく食べた本について

私が食べた本

本について

剝製の感触

『バンビの剝製』鈴木清剛（講談社）

偶然だけれど、私は小谷元彦展に出かけて「バンビの剝製」を見てきたばかりだった。そこではバンビは銀色の足かせをはめられ、白い台の上に立たされていた。死体になって内臓を抜かれて立っているというのにバンビは無垢で可愛いキャラクターでしかなく、華奢な体は隅から隅まで完璧すぎて怖かった。四本の足にはめられた足かせのほうがよほど人間の手作業の温かみを感じさせた。私は見てはいけないものを見たような気がして、それでもなんだかいやらしい気持ちにすらなって、バンビの剝製を見ていた。

この本の表紙で顔をのぞかせているバンビを見た瞬間、そのときの、心臓を直接綿毛でまさぐられているような不快な快感が蘇った。

小説のなかの人間たちはバンビの剝製に比べるとずっと人間的で、話せばわかる人たちのように思え、私はほっとした。だが手に持った表紙からはバンビがずっと外を見つめている。どことない不安感はずっと続いた。

主人公の「ぼく」は二十七歳の看板描きで、姉である三十三歳のハルコと二人で暮らしている。父親は死に、母親は放任主義で自分の人生を大切にしており、今は恋人と南の島で暮らしている。姉のハルコは典型的な、クラスに必ず一人はいる「成績は恐ろしくいいけれど、悲しいくらいにぱっとしない」タイプで、いまは建築デザイン事務所に勤め、家でも外でも仕事に忙しそうである。ある日、彼女のマキが「ぼく」に一緒に暮らさないかと提案する。「ぼく」はのらりくらりとかわすようにしながら結論を出さない日々を過ごしている。そんな時、姉の元に大きな包みが届き、その中から「バンビの剝製」が現れる。

あちこち動き回っているようで「ぼく」は立ちすくんでおり、うずくまっている風の姉のほうはいつのまにか全てを決断して前へと進んでいってしまう。「ぼく」は、「姉貴もぼくもマキも、新しい生活のことを考えていたというわけだ」と言う。けれどそれは変化ではなく、三者三様に自分自身を増大させようとしているだけに思えた。「ぼく」はひっそりとそのことに気付いており、一番遠い駒を動かしながら「変化」を模索していて、それは本当は一番重要な、大切な変化であるはずだった。物語のところどころに、正しい困惑、まともな寂しさ、というようなものが転がっていて、そしてやっぱりそれらはのらりくらりとかわされていた。何も知らない顔をしたバンビがいつのまにか生きはじめていて、生身の人間たちこそ剝製にでもなったように、それぞれの完璧な自分に近づきながら、遠くを見たまま固まり始めている。内臓をごっそり抜かれているのは結局どちらなのか。可愛いキャラクターが行き来する居心地のよい世界に逃げたいと思っても、どちらに逃げていいのかいつのまにか見失い、バンビだけが生身の感触を引っさげてこちらの皮膚に触れてくるのだ。

（二〇〇四年八月号「群像」）

いびつに変化する嫉妬

『星へ落ちる』金原ひとみ（集英社文庫）

　私は頭の中で、過去にした恋愛を振り返って、そのときの自分をぼんやり分析することがある。あれは「恋愛」。あれは「恋愛の形をしたいびつなもの」。そうしているうちに、自分が健全な恋愛をほとんどしていないことに気付いて、なんだか可笑しくなってくる。

　この本を読んで、私はそれを思い出してしまった。「恋愛」であったものが、「恋愛の形をしたいびつなもの」になっていく過程を、丹念に描いて見せられている気がしたからだ。そして、それがとても哀しいことであると囁かれた気がした。笑っていた私は、そのことを知っていて耳をふさいでいたのかもしれなかった。

　物語の核となる「私」は、恋人のいる男性と恋に落ちている。一人の部屋で彼からの連絡を待ち続ける「私」から、彼の恋人である「僕」、「私」を待ち続ける私の元恋人の「俺」へと視点は移り、短編連作という形で、それぞれの心の中が丁寧に描かれる。

どの人物も激しい嫉妬心や、相手を求める激情に突き動かされている。「僕」は「私」の影に怯え続け、最終的には「自殺する」と彼を脅して繋ぎとめようとしてしまう。「俺」は家を出て行った「私」を、彼女のいない部屋でいつまでも待ち続ける。

男性視点のこの二つの短編は、女の私にも共感できる感情や行動がちりばめられていて、違和感なく読むことができた。しかし、私が一番印象深かったのは、軸となる女性、「私」だった。

彼らと「私」との違いは、「私」の思いは最後まで流出しないということだ。だからこそ、「私」の視点で描かれている話が、私には一番空恐ろしかった。

「私」は彼の前では取り乱さない。「重い」といわれないように細心の注意を払っている。「一緒にいたい」と言わない、泣かない、寂しいとも愛してるとも言わない。身体は常にセックスをできるよう清潔に保たれ、彼から食事に誘われてもいいようにろくなものを口にしないまま電話を待ち続ける。

相手から見捨てられないために、相手にとって都合のいい「私」を提供し続ける姿は、とても痛ましい。彼女の悲鳴は、可愛らしい容姿の中に閉じ込められて、外からは見えない。男性から可愛いとよく褒められる、よく手入れされた外見ですら、彼に気に入られるように、または他者から商品価値が低いとみなされないように身につけた、切実な鎧なのではないか、と思えてきてしまう。

彼を誘惑するためではなく、彼に嫌われないようにという基準で、全ては用心深く選び取られ、彼女を取り巻いている。彼女の防波堤は頑丈すぎる。感情は外へ流れ出ず、彼女の内部へと向かっていってしまう。

最後の短編「虫」ではその姿がありありと描かれている。彼の見えない場所で嘔吐をし、コックローチドリームというゲームの中に沈みこんでいく。

彼女を苦しめている「嫉妬」という感情は、本当に情熱から来るものなのだろうか。最初はそうだったとしても、いつしか変わってきてしまったのではないだろうか。

私は恋愛中の嫉妬心には二種類あると思っている。純粋な恋愛感情からくる嫉妬と、見捨てられることに対する不安感からくる嫉妬だ。

前者は心からすぐ肉体に伝染して、発情へと昇華していく。私の場合は相手の肉体をおなかいっぱい貪ることで、あっさり蒸発していってしまうことも多い。本当に恋に落ちてしまっているときにしかおこらない。

けれど、不安感からくる嫉妬は、少しも愛していない相手に対しても湧き上がり続ける。そしていくらセックスしても消えない。セックスは激情の表現方法ではなくなって、相手を繋ぎとめるための手段に成り下がる。一四の発情したメスだったときに持っていたプライドはなくなり、少しも望まない奉仕を限界までし続ける。

この本を読んで、この嫉妬はどちらなのだろうかと、一つ一つをじっくり眺めながら、しばらく考えてしまった。彼女の嫉妬は私のように単純ではなく、いろいろなものが入り混じっていて、簡単には種類わけできない。

不安感にとりつかれながら、激しい嫉妬に苦しみ、そして彼の言葉を決して信用しない。「一緒に暮らそう」と言われても、「結婚しよう」と言われても、「私」は彼を信用できない。彼が信用できないのではなく、根底には自分を信じられない気持ちがあるのではないかと思う。自分のことを、どこか深いところで愛される存在ではないと疑っているから、これほどまでに入念に自分を作りこみ、それでも彼が本当に愛してくれているとは信じられないのではないだろうか。

こんな風に思ってしまうのは、私が「私」に感情移入しすぎてしまっているからかもしれない。

この本は、リストカット・嘔吐などの病的な行動だけが描かれているわけではない。そこに至るまでの過程には、恋愛をすれば誰でもしてしまうようなことが多分に含まれている。だから恋愛にどっぷりとはまってしまっている人たちの姿に共感していると、いつのまにか違う場所に連れて行かれてしまう。健全な発情は遠くへいってしまい、失う恐怖におびえている姿に共鳴している。

どうしてこんなことになってしまったのか、いつからこんなに惨めな生き物になってしまったのか、と「私」も「僕」も呟く。

読者も同じことを呟きそうになる。最初は、確かに甘い恋愛感情が流れていたはずなのだ。いつから、不安感だけが支配するようになってしまったのだろう。

彼女が本当に求めているものは何なのだろうか。私は彼女と一緒にそこへたどり着きたいという欲望にかられた。嫉妬の示すその先へ、赴いていきたいと思わされた。

（二〇〇八年三月号「群像」）

『夏の夜の夢』岡本かの子

夏の夜の感触

私の文章の読み方には二種類あり、一つは「ひたすら読み進む」という普通の読み方なのだが、もう一つは、「一節を何度もいったりきたりしながら繰り返し味わい、頭の中で執拗（しつよう）に嘗（な）めまわし続ける」という少し変質的な読み方で、同じ箇所ばかり何十回も読み返したり、場合によってはいろんな大きさでコピーして眺めてみたりしている様子は、傍（はた）からみれば気持ちが悪いだろうなあと思う。岡本かの子の文章は後者の方法に向いていると、『夏の夜の夢』を読み返して改めて感じた。

私が岡本かの子の文章を初めて読んだのは、「病房にたわむ花」だった。読み終えてしばらくしても、桜の花の病的な鮮やかさがずっと瞼（まぶた）に残っていた。『夏の夜の夢』の中で牧瀬が案内してくれる庭は、視覚より触覚に、とても強く訴えかけてくる。足の指をくすぐる庭草の湿り気や、汗ばんだ皮膚の上を通り過ぎる風の生ぬるさなど、文章に直接は書かれていない感触までどんどん蘇ってくるので、何度眺め返しても違う味がして、飽きることがない。

この小説の主人公は夏の夜の感触そのものであるような気がする。実際の季節が夏に近づき、あの独特の匂いが夜に混じるようになってきたが、本物の夜よりずっと鮮やかに、この短い小説の中に夏の夜の気配が閉じ込められている気がして、この夏も、また幾度も同じ箇所を読み返してしまうのだろうと思う。

（二〇〇八年七月「ＷＢ」第13号）

『少女怪談』藤野千夜（文藝春秋）

甘くない現実、甘くない少女

私は小学校のころ、教室の中にひしめく少女たちを見るのが好きだった。自分も少女だというのに、クラスの女子の、大人になりかけの危うさが、可愛くて仕方がなかった。私には、女子同士のどろどろしたいざこざや、似合わない背伸びをして失敗している姿などがとても綺麗に見えた。もっとエスカレートすればもっと可愛いのに、といつも思っていた。さりげなくいざこざを煽るようなことをして、それがばれて大喧嘩になったこともあった。そういう自分が、最低だったということに気付いたのは、だいぶ大人になってからだった。

現実のいざこざを煽って面白がることはなくなったが、本の中の少女には、やはり昔のように欲望を抱いてしまう。危うければ危ういほど、私はじっとりと興奮して、魅きつけられる。

『少女怪談』を最初に手に取ったときも、当然、胸の中にそういう欲望が湧き上がった。けれど、その期待は、とてもいい意味で裏切られた。

『少女怪談』には、四つの短編が収められている。

特に印象に残ったのは、「ペティの行方」のみどりと、「アキちゃんの傘」のノエだ。この二人には対照的なところがあるように思える。中学三年生のみどりは背の高い、容姿の優れた女の子で、学校でも美少女と呼ばれている。そのことを恥ずかしがりながらも、自分をそう呼ぶように友達に頼んだのは彼女自身だ。原宿でモデルスカウトの人に小悪魔的な魅力があるといわれて以来そう信じているみどりは、ちょっとした悪戯心（いたずらごころ）で、コンビニの前に停（と）められている自転車から子犬を盗んで散歩し始めてしまう。

みどりは最近、友達だった六人グループとうまくいかなくなってしまい、グループから身を引いてからも陰で悪口を言われてしまっていた。けれど彼女は自分のプライドを満たす方法を知っている。犬を抱いて先輩の車に乗り込む所までは、小悪魔を気取っている可愛い少女という風だった。

ページが進むにしたがい、みどりは小悪魔であることに失敗し始め、その未熟さを周囲に露呈させていく。無邪気に思えていたみどりの可愛い欲望は餌を求めて彼女の中を這（は）いずり回る。私は少しずつ恐ろしくなってきた。

コワイ顔すんね、きれいな顔なのにもったいないよと先輩に言われれば、みどりの体内の欲望は「きれいな顔」という言葉だけを吸い込み、ずっとそれをしゃぶり続ける。腹に巣食っている飢えた獣をコントロールできないのだ。

ずっと前からみどりの中に黒い欲望は住みついていて、彼女はきっと今までどんどんそれに快楽を食べさせてきたのだ。その度に欲望は満たされるどころかもっと餌を求めて膨張し続けていたのではないだろうか。

そう気付くと彼女が未熟な小悪魔であることがとても不安に思えてくる。案の定、それほど器用には立ち回れずに先輩の車を降ろされ、自分を嫌っている元友人に犬泥棒を見つかってしまったみどりは、都合の悪い全てに耳をふさいで走る。私は悪くない、という言葉がみどりの脳に強く響く。その姿はとても生々しく胸に食い込んできて、淡い発情などは跳ね返されてしまった。

「ペティの行方」を読み終えてもう一度表紙をみると、可愛い女の子が犬を抱いている絵が、とても恐ろしく見える。それでいて、とても愛(いと)しいのだ。

こういう人間的な愛しさが、この本全体に流れているように思える。

「アキちゃんの傘」の主人公ノエは、みどりに比べれば随分冷静に自己分析しているように思える。

従姉(いとこ)のアキちゃんが傘を忘れていってから、うちにはよくないことが起こるようになった、という一文から物語は始まる。

美容師の父親は滅多に家に帰ってこなくなり、掃除嫌いの母親は部屋を散らかしっぱなしにし、弟は壁に飛び蹴りして穴を開けてしまう。アキちゃんの忘れていった傘が、あまりに可愛いので、借りて学校にさしていったノエは、クラスの男子に傘の形をからかわれ、教室を飛び出す。雨の中を歩きながらノエは「バチが当たった」と心のどこかで呟く。読者である私も、ノエと一緒に、どこかで気付かないふりをしていた。それをずばりといわれて、ぎくっとした。

最初から読み返すと、ノエがあることに気付いてしまわないようにとても気づかいながら過ごしているのがひりひりと伝わってきた。ノエが気付かないふりをやめたことで、傘の呪いは終わったのだと思う。最後、そんなことより彼氏のサカエくんとの待ち合わせがある、というノエが、とても頼もしく思えた。

繊細に揺れ動く少女達の心は、私が小学校のころ発情じみた目で見ていたそれらとよく似ているが、どこか決定的に違う。それは、彼女達がとてもしっかりと、人間だということだ。人間であるということが、少女であることよりしっかりと勝っているということだ。

それは当たり前のことだけれど、私は愚かだからすぐにそのことを忘れて、色眼鏡で少女を眺めてしまう。小学校のころ、私が可愛いなあと、それだけで眺めていた少女たちも、しっかりと人間だったはずなのだ。なのに、私は目先の可愛さに気をとられて、人間である彼女達と喋りそびれてしまったことを、恥ずかしく思った。決して甘くない現実を、甘くない少女がしっかりと生き延びている。そのことが、とても胸に残る、私にとっては大切な短編集になった。

（二〇〇八年九月号「群像」）

脳の作り上げた箱庭の中で

『ヤイトスエッド』吉村萬壱（徳間文庫）

この本の七編の短編の中を泳いだ後は、神経の生理的な部分をぐちゃぐちゃに掻き回され、登場人物たちを通した不思議な光景たちが頭にこびり付いて離れない。読み終えて瞼の裏側に浮かび上がってくるのは皺だらけの巨大な脳だ。登場人物たちの精神世界を内包した脳、独自の理論を世界へ向かって乱射し続ける脳の姿がありありと浮かんでくるのだ。さまざまな人物が、それぞれの頭から膨大な言語を湧き出させ、脳でどろどろに世界を咀嚼してから飲み込む。あらゆる出来事が脳からだらだらと流れ出た唾液に溶けて形をかえていく。そして溶かしきれないものに対しては態度を急変させて憎悪することもある。彼らは世界を飲み込みながらどこまでも進むことができるが、同時に自己の脳細胞の箱庭の中にいる。その様子は周りの人間や読者からは、滑稽なほど激しい思い込みや、大変な勘違いに見えるのだが、その人物にとってはそれこそ真実なのだ。

多くの話の中核に、何かを宗教的に、徹底的に信仰することで独特の日常を送っている女性が登場し、またある話ではそうした女性を、これもまた盲目的に崇拝する男性が主人公として現れる。どちらも、自己の作り上げた精神世界にのめり込み、ひたすら突き進んでいるという意味では同じ状態であるのではないかと思う。

「B39」の主人公の尾山は、自分が班長を務める工場の工女である美佐絵に声をかけ、車に乗せてホテルへと連れて行く。美佐絵の完璧な身体に魅せられた尾山は、次第に激しい独占欲を抱くようになっていく。誰の誘いにもあっさりと頷く美佐絵は誰のものでもあると同時に誰のものでもなく、いくら抱いても手に入れることができない。尾山は彼女を激しく崇拝し、彼女の大便を食べ、他の男性と車に乗っているところを尾行して捕まえ、内臓まで絞り出す勢いで彼女の膣を吸い続ける。やがて、尾山は彼独特の方法で、美佐絵を彼自身のものにしていく。

尾山の自己愛と美佐絵への恋慕の境界線は曖昧で、恋愛的な情熱とは違う強い欲求が彼を突き動かしているのを感じる。「B39」と対になっている「B39―Ⅱ」では、同じ時間を過ごしていたのに、尾山と美佐絵とはまったく異世界を生きていたことがわかる。美佐絵の側から、「B39」と同じ出来事がまったくちがう解釈で綴られていく。同じる。尾山の世界も美佐絵の世界も、どちらも当人たちにとっては真実であるが、二つの視点から同じ話を眺めることのできる読者からは、激しい思い込みで事実を見失っている彼らの姿は滑稽に見える。だが彼らをここまで一途に突き進ませる切実さは切なくもある。重なり合わない世界の中で、相手を強く欲したり、眼(め)に見えない巨大なものに必死に従ったりしながら、出口を求めて彷徨(さまよ)う膨大な言語とエネルギーを思うと、彼らの姿がとても悲しいものに感じられる。

「不浄道」の主人公佐恵は、題名の通り、一種の宗教のような不浄の道を突き進んでいく。潔癖症の母の元で育った佐恵は、自身も潔癖症であったが、ある日、会社で橘(たちばな)という男性がくしゃみをして彼の痰(たん)が弁当にかかった際、それをなぜかご飯ごと掬(すく)い取って食べてしまう。そして橘に誘われるままに大股を開き、睾丸(こうがん)を嘗め回し、その後、懇意になった男性の尻穴に吸い付いて大便を味わう。そのことをきっかけに彼に距離をおかれてしまった怒りから、「大地震」が彼女の内面に起こる。自分の漏らした大便を壁に投げつけ、潔癖症から解放された佐恵は、ほとんど風呂に入らなくなり、浮浪者にウィルスンと名づけて崇拝し彼のものを部屋へ持ち帰るようになる。彼女は不浄の道を進んでいるのに、精神的にはとても潔癖だ。汚物にまみれた彼女の世界は彼女にとっては無菌室であり、そのせいかどこか美しくも思える。

彼女の進む道がかなりどぎついものであるため、読者は感情移入してのめりこむのではなく距離をとって彼女を見つめることができる。そのおかげで、同じ出来事を二重に感じ取ることができる。常識人として彼女の異常行動を見つめる一方で、彼女の脳を通した不浄の美しい世界を感じることができるのだ。だが読んでいるうちに、一歩引いているはずの「常識人」としての眼が本当に正しいのかと、足元がぐらついていく感覚があった。この主人公ほど独特ではなく、共有する人間が多い感覚であるから気付かないだけで、脳を通さないで現実を受け止めることはできないという意味では、佐恵も自分も同じなのではないかと思えてくるのだ。彼女の姿こそ、刷り込まれた情報に染め上げられた世界を何の迷いもなく受け止め、自分が染めた世界を信じ込み箱庭を生きている私たちの姿なのではないかと、ふと思わされる。

「鹿の目」の中で、尿意を催して便所に立った主人公が、便器の横に凛(りん)として立つ便器ブラシであることを見てそれが何なのかわからなくなってしまうというシーンがある。便器ブラシであることを括弧に入れて存在していたそれは、その瞬間には無限の意味を持った何物かとなって存在する。余計な情報にまったく左右されずに物体を見つめている瞬間が、私たちの日常にどれだけあるだろうか。そう思うと、「不浄道」の主人公は、常識人の脳が処理できる範囲を超えて、見たこともない異様なものに成り果て、括弧の中に何の文字も書かれないありのままの姿になろうと変化し続けているようにすら思えてくる。「ヤイトスエッド」のラストで、自分を裁く常識的な世界を少しずつ飲み込み始める女性の姿は、この小説の姿でもあるのかもしれない。この短編たちを繰り返し読み返し、脳を掻き回し、そのことで、一瞬でも、括弧のない、無限の意味をもった世界を見ることができるのではないか。そんな期待にかられる、力を持った一冊だった。

（二〇〇九年六月号「群像」）

文字が本の中を動き回る感触

『注文の多い料理店』宮沢賢治（新潮文庫）

子供の頃、私は宮沢賢治が怖かった。両親にもらった『注文の多い料理店』を初めて開いたとき、文字がこちらへ触れてくる感触が今まで読んだ本とまるで異なることに驚いた。平仮名も片仮名も本の中を動き回っているようだった。凄い本だということはわかったものの、怖くなった私はその本をなかなか読み進めることができずに、机の下にある本棚にしまいこんだ。しかし一方では強烈に魅かれ続けていた。

ある日、私は勇気を出してその本を再び読んでみることにした。机の下に潜り込んで本を取り出し、ぱらぱらとページをめくり、私は他の話より少しだけ文字の蠢きが大人しいように思えるページで手を止めた。それが「土神ときつね」だった。

私は机の下でうずくまったままそれを読み始めた。机の下なら、少し恐怖心が薄れるように思えたのだ。それは一本の美しい樺の木と、その友達である土神ときつねの物語だった。私は樺の木の美しさに引き込まれ、彼女を怯えさせてしまう土神の感情の波に揺さぶられた。文字たちは本の中をただ蠢いていたのではなく、土神の激情に合わせて激しく震えているのだと気がついた。土神が怒って乱暴に振る舞うたび、私はひりひりと不安になった。最大の感情の嵐が終わり、しんとした世界にきつねの哀しさが漂ったとき、私は息苦しくなりながらも、その光景に見とれた。私はその話を何度も最初から読み返した。あれほど怖かった文字の振動は、心地よいものに変わっていた。

本棚の中に眠っていたその本は大切な一冊になった。大人になった今でも宮沢賢治の作品で一番好きな話は「土神ときつね」だ。机の下に潜り込むことはもうないが、今でもふとしたときに本棚から取り出してその光景を見つめる。その映像は、読み返せば読み返すほど鮮やかさを増していくばかりで、文字の震えは決して治まることがない。

（「この本と出会った」二〇〇九年七月五日「産経新聞」）

呼吸をする小さな光

『ポケットの中のレワニワ』伊井直行（講談社文庫）

子供の頃、怖い話をするのが流行ったとき、その頃一番仲がよかった女の子が、怖くて夜が眠れないと言って困っていた。

私は、「いい子にしてる子供が眠っていると、ふわふわした、緑色の丸くて小さな生き物がやってきて、お化けが来ないように守ってくれる。だから大丈夫」と適当なことを言った。「それってどんな生き物？　目に見える？　何て名前？」すぐに嘘だとわかると思ったのに、身を乗り出して聞いてくる友達の勢いになんだか怖気づいてしまって、

「聞いた話だから、私もよくわかんない」

とそっけなく言って誤魔化すのが精一杯だった。「いい子って、何をすればいいんだろう。私のとこにも来てるのかなあ」「さあ。でも、けっこう誰のとこにでも来てるらしいよ」と、またいい加減なことを言いながら、私も、なんとなくそういう小さな生き物が本当にいるような気になっていた。

子供時代には、私たちのまわりにそんな生き物がたくさんいたような気がする。もう少し大きくなってからは、あまり親しくないクラスメイトに友達と二人、「秘密の話だから」と教室の隅のカーテンの陰に呼び出され、「実は、凄い魔王がこの世界を狙ってる」「妖精の力を身につけて戦わなくちゃいけないから、協力してほしい」と言われたことがある。と真剣に言われ、もう小学校の高学年になっていた私はさすがにそんなバカなと思ったが、口にはできなかった。女の子はすっかり信じきっている様子だった。困惑して横を見ると、友人は私よりかは多少信じている様子で、真剣に話を聞いていた。魔力を持ったノートなるものに私は「風の妖精」として登録させられ、日々、何だかの特訓をして魔王襲来に備えなくてはいけないことになった。私と友人は名前だけ登録してすっかり忘れて普通に生活していたが、女の子は、「日光のあるところに長くいてはいけない」とか、「雲の中に怪しい影が見えないか常に見張らなくてはいけない」などということをずいぶん熱心に実践しているようだった。

誰かを信じ込ませてしまう嘘には「あったらいいな」と「あったら怖いな」の二種類の要素があるように思う。緑色の生き物に対して友人は「いたらいいな」とどこかで思ったから、あんなに身を乗り出したのだろうし、魔王襲来については、「本当に来たら怖い」、その恐怖がたまらなく女の子を魅了したのだろうと思う。

そう思ってこの本を読みかえすと、レワニワは完璧だなあと思う。「いたらいいな」と「いたら怖いな」を、両方満たしている生物だからだ。

主人公のアガタは、コールセンターで派遣社員をしている男性だ。同じ会社の正社員のティアンは、日本名を町村桂子という、ベトナム難民だった女性だ。彼らは小学校時代の同級生でもある。物語の中心になるこの二人が、彼らの勤めるコールセンターの親会社の正社員、徳永さんと三人で、野球の試合の応援へと出かけるところから物語が始まる。

野球場のそばにはアガタとティアンが小学校時代を過ごした団地がある。野球場へ行く途中で、アガタとティアンは小学校時代の友人の女性と再会する。この野球の日を境に、ティアンの様子が少しだけおかしくなっていく。

読み進めるうちに、少しずつ、アガタとティアンがどういう人生を送ってきたのかが明らかになっていく。彼らの子供時代や、アガタの家庭環境、二人の勤める会社がどんな場所であるのかなど、それは物凄く劇的なものではないかもしれないが、だからこそリアルで、思わず引き込まれる。

アガタはワーキングプアの類であり、自分でも「俺、ハケンで貧乏なんだ」と言っている。お金の問題だけでなく、彼は大人特有の狭い世界に閉じ込められているようだ。子供時代、アガタとティアンは「村八分じゃなくて、五分くらいの仲間外れ」であったのだが、彼らは大人になってもどこかそんな気持ちでいるのかもしれない。
「年齢を重ねると、世界の広さと自ら住む世界の狭さの両方を知ることになるのだ」と彼は思う。

子供の住む世界は狭い。学校と家、そして放課後の遊び場が子供の社会の全てだ。子供達は成長するにしたがって、世界の広さに気がついていく。けれど多くの人が、やがて、大人ならではの「狭さ」を感じるようになる。世界が広いからといって、誰でもそこを自由に飛び回る羽があるわけではないと気付くのだ。自分の小さな手足をいくら必死に動かしても、自分が動き回れる範囲は思いのほか狭いのだと、気付いてしまうときがあるのだ。

アガタの周りにいる人物たちも、また、大人特有の狭さの中で暮らしているような人間ばかりだ。アガタの義理の弟であるコヒビトは引きこもりでパソコンと妄想に生きているし、セックスフレンドのあみーは中年の女性で、突然メールを寄こしてアガタと会うが、喋っていても、どこか嘘をついているようなところがある。

自分が動き回れる世界が狭いからといって、捻くれているわけにもいかない。息巻いて現実と戦うわけでもなく、やたらに自分を可哀相がるわけでもなく、アガタは毎日会社へ行き、働いて、食事をし、生きている。

そんなアガタの、小さいけれど大切な空気穴のようなものが少しずつ壊れていってしまう。ティアンの魔法の声は威力を失ってしまうし、会社を明るくしてくれた徳永さんもいなくなることになるのだ。

まさにどん詰まりになってしまった彼のポケットに、突如、燻製になったレワニワが現れる。

レワニワは彼の父親のユーモラスな嘘から始まった、架空の生き物だ。レワニワはトカゲに似た姿をしているどこか人間くさい生き物で、言葉を教えると、教えてくれた人間の願いを叶えてくれるが、そのかわりそのレワニワは巨大化し、人間化して、ついには人食い鬼になる。小学校時代、ふと漏らした秘密のレワニワの話が、あっという間に彼らの小学校の中で膨れ上がり、レワニワ探検隊まで結成されるようになった。そのレワニワが、大人になったアガタの前に現れたのだ。

アガタは燻製になっていたレワニワを水で戻すと、その背中を撫でながら、自分の二十何年かの物語を聞かせ始める。

レワニワは物凄い魔法を使うわけではないが、アガタの切実な問いかけに、一つの答えをくれる。その答えに向かってアガタは動き始める。

レワニワとは何なのだろうか、と考える。それは、私たちにとって、嘘や空想とは何なのだろうか、という問いと似ている。それは現実からの逃避だとか、つまらない悪戯のように言われてしまうことも多いかもしれない。けれど、それだけではないように思う。そうしたものが、人間がどうしようもなく最低のどん詰まりになったとき、「救い」を与えてくれることが、本当にあるのだと思うからだ。

別に空想が突然本当になって魔法のようなことが起きるというわけではない。現実を一休みして嫌なものを見ないようにさせてくれるというわけでもない。空想上の生物たちは知っているのだと思う。どうしようもなくなり真っ暗になった人間の、心の中にある光のようなものが、一体どこにあるのか。本人にすらわからない光の破片の場所を、彼らだけが気付いていて教えてくれることがあるのだ。

空想するということは、自分と向き合うということでもあると思う。空想上の生物と交流していると、思いがけない自分の心が見えてくることがある。最初は逃避だった空想でも、ずっと続けることで変化していく。自分の深層心理を泳ぐことで、新しい発見をすることができる。そのとき、空想は現実逃避の手段ではなく、現実を生きていくためのヒントになる。

アガタにとってのそれは、恋だった。それはレワニワが作り出したものではなく、その破片はいつもアガタの中にあったのだ。それに気付かなかったのか、というよりも最初から諦めていたのか、アガタは光の破片を抱えたまま、暗い闇の中を過ごしていた。レワニワと向き合うことでアガタはそれに気付いたのではないかと思う。

だからといって、いきなり彼の人生が広がっていくわけではない。突然羽が生えることにはならないから、この物語は愛しいのだ。物語の先に、劇的な展開があるわけでも、物凄いハッピーエンドが待っているわけでもない。けれど、そこには確かに光を感じる。軽いだけの明るさではなく、生きている人間の呼吸が聞こえるような、温もりのある、まさにポケットの中にあるような、ささやかな光なのだ。

（二〇〇九年秋号「小説トリッパー」）

『大きな熊が来る前に、おやすみ。』島本理生（新潮文庫）

闇に溶けた足音

眠っている私たちの枕元には、闇に溶けた何かが、ゆっくりと近づいてくる。それは動物の気配かもしれないし、誰かの足音かもしれない。自分では気付かない、もう一人の自分の姿が忍び寄ってくることだって考えられる。うなされて手を握り締めた恋人が、いつのまにか怪物に変わっていることもあるかもしれない。

中毒のように恋をする人たちには、ブレーキがすっかり壊れてしまっていることがよくあると思うが、この本に出てくる女性たちは、むしろブレーキをかけすぎているように思えるくらい慎重だ。相手を、自分を、過去を見つめながらゆっくりと進む日常の中で、彼女達の感情は静かに羽化していく。

「大きな熊が来る前に、おやすみ。」では、子供時代に傷を持つカップルの日常が緻密に描かれている。身体の中に泣きじゃくる子供を住まわせている人は、同じようなものを肌の内側に潜ませている人に、どうしようもなく惹かれてしまうことがある。そういう時、大抵の人は感情をコントロールできなくなってしまう。体の中の飢えた子供が走り出して暴走してしまう場合もあれば、逆に相手の理想の大人になりきることに溺れていってしまうケースもあるだろう。だが、この主人公はどちらでもない。当事者であるのに、誰よりも冷静にこの恋愛を見つめている。

主人公の珠実と対照的に、恋人の徹平は、自分の過去や内面と向き合えずに、つい逃げてしまう。「分からない。ちゃんと考えたことがないから」と言う徹平に、珠実は言う。

「だめだよ。それなら今、ちゃんと考えようよ」

その真っ直ぐさが珠実のブレーキが壊れない要因だと、この言葉から伝わってくる。珠実はいくら苦しくても決して逃げずに、全てを「ちゃんと考え」続けてきたのだ。その彼女の強さが彼を追い詰めもするが、沈みかけていた二人の船を、ゆっくりと導いていく。その先に明白な光はないが、船の上で眠る二人の体温は、わかりやすく眩しい日光よりもきっと確かな温もりなのだと信じたくなる。

「クロコダイルの午睡」では、もう少し深い沼の中に沈んでいってしまう主人公が描かれる。恵まれている人間特有の無神経さをもつ、都築新が、飲み会をきっかけに主人公の家へ夕飯を食べに来るようになる。主人公の都築新への感情は複雑で簡単には説明できないが、ある側面では、主人公には彼が、異世界からやってきた使者に見えたのではないかと思う。異世界とは主人公がずっと手に入らないと思っていた世界のことだ。黒い服ばかり着ていた主人公はある日、自力で魔法をかけるシンデレラのように、マニキュアをし、髪を巻き、都築新の許へと向かう。しかし彼の無神経な発言から、主人公は思いがけない行動に出てしまう。それでも、今までずっとブレーキを握り締めていた彼女を、責める気にはどうしてもなれないのだ。

「猫と君のとなり」でそうであるように、彼女たちの「丁寧さ」が勝利するとき、闇に溶けていた気配は体温に変わる。彼女たちは微かな光に似たその感触を感じながら、やっと、ゆっくりと眠りにつくことができるのだ。

（「特集・島本理生」二〇一〇年春号「文藝」）

静かな言葉からたちのぼる、生と死の艶やかな匂い

『やすらい花』古井由吉（新潮社）

川ではなく海を思わせる、深みのある時の流れ。そこを行き来する人間たちの生、性愛、老い、死が、静かな色気の宿る圧倒的な文章で綴られる。言葉からたちのぼる匂いに惹き寄せられ、懸命に目で文字を嗅ぎ、嘗め回し、あでやかに浮かび上がる世界の中に沈んでいく。

女のわたしがどうして女の匂いになやまされなくてはならないの、という「瓦礫の陰に」の一文そのままに、女である私も、物語の中をちらちらと出入りする白い肌に悩まされる。心を乱され、必死にその柔らかい肌の匂いを追いかけるのに、いつのまにか、ふっと時間を越えて別の場所へ連れて行かれてしまう。幻想的であるのに、その肌の弾力まで指先に残っている気がするのは何故なのだろうか。自分はいつか男だったことがあって、こんなふうに誰の顔でもない女を追いかけたことがあるような気すらしてくる。

艶めいているのは女の姿だけではない。女と性の傍らに、ごく自然に、老いと死が

佇んでいる。「生垣の女たち」で、離れに住む若い男女の傍らでゆっくりと老いていく老人。その死と、死の周辺の光景は、少しも飾り立てられたものではないのに、美しい絵画を見たときのように、身体の表面が震えてじんわりと身体の中に染み入ってくる感じがした。

なぜこんなに静かなものがこれほど艶やかなのかと、とても不思議に思いながらも、そういえば死とはこうしたものだったと、ふと思い出す。子供の頃、祖父を亡くしたとき、私は鼻に綿をつめられた祖父を見ながら、なぜか今までで一番、祖父の「生」を感じとっていた。そのしんとした生々しさと似たものが、この世界には漂っている。

女から、老いから、死から、たちのぼる匂いが、読み終えた今も、身体にまとわりついている。そのことをとても幸福だと、再び本を開いて文字を口に含み、じっと言葉の感触を味わいながら思う。

（「今週の必読」二〇一〇年六月三日号「週刊文春」）

乾いたリアルだけがある

『奪い尽くされ、焼き尽くされ』ウェルズ・タワー著、藤井光訳（新潮クレスト・ブックス）

この短編集には年齢も性別もバラバラの「ふつうの人々」の日常が切り取られ、静かに閉じ込められている。どの短編を読んでも、共通した「ひからびた」ものに囲まれた感触が身体に残る。それでも読後感は、なぜか不快ではない。

どの登場人物も、決して快適とはいえない家族関係・人間関係の中にいる。たとえば、元妻の浮気相手であり今の夫である男を、車に乗せて送り届けなければならない男。仮病を使って学校を休んだ少年と、彼を冷たく扱う継父。美しくバレエの才能があるいとこと共に過ごす、自意識をひりひりと痛めつけられた不機嫌な少女の夏休み。

不愉快な状況、苛々（いらいら）する関係、それらに包まれた彼らの内面からは、生々しさや粘っこさは感じられない。そこはただ、静かに、ひからびている。物語の中で不意に破裂する暴力も、どこか乾いている。激情に見える行動の中には常に空洞があり、その穴ばかりが鮮やかに浮かび上がってくるのだ。彼らの血や肉はどこか遠くに感じられ、その中に空いた空洞こそ、彼らの核なのだと思えてくる。

いくつかの物語で、彼らに生まれた僅かな希望は、残酷に思えるほどあっけなく蒸発していく。その瞬間、思わず私は笑ってしまう。それは可笑しいからではない。その光景は、現代に生きる私たちのよく知っているものだからだ。幾度も目にしてきたその蒸発の風景が、「美しい」と言っていいほど完璧な形で、言語になってそこにあるからだ。

仲が良いとは言えない弟と狩りにでかけたジョージは思う。

「おれは死んだように無感覚になっていた。この美がすべてここにあって、狂ったように残り続け、それに耳を傾けようが傾けまいが関係ない、ということに慰められた」

この荒涼とした世界に、私はなぜか不思議な安らぎを感じる。物語からは、安っぽい夢や嘘くさい希望は丹念に排除され、乾いたリアルだけがそこにある。だからこそ私たちは、どこかユーモラスな彼らと共に、ひりつきながらも、ほっと力を抜いて、この乾いた世界の美しさを見渡すことができる気がするのだ。

（二〇一〇年九月二十六日「産経新聞」）

魅力的な言葉で紡ぎだされた思いもよらぬ世界が輝く霊妙な短編集
『タイニーストーリーズ』山田詠美（文春文庫）

この一冊の本には、二十一編のごく短い物語が詰め込まれている。短編という言葉で片付けるのが勿体(もったい)ないほど密度の濃い、匂いたつ言葉たちでできた物語の滴。どの短編も、最初の一行を読んだだけで、ぴりっとその世界の静電気に痺(しび)れたような感覚がある。読者は一瞬にしてその空気に感電し、物語に引きずり込まれる。現実世界の呼吸をする余裕もないまま一息に最後まで読んでしまう。その物語のために紡がれた言葉たちに没頭してしまうのだ。

物語の語り手はさまざまだ。さくら草に恋してしまった電信柱、家族で母親の遺品を片付ける男の子、小学校のころの虐(いじ)めっ子と再会して復讐(ふくしゅう)しようとする女性、大学の講師に恋をした男の子。それぞれの物語が、色彩と濃度の違うそれぞれの空気をもっていて、違う速度の呼吸がそこに存在しているのだから、驚いてしまう。まだ身体に前の物語の余韻が残ったままページをめくると、そこには新しい短編があり、また思いもよらない世界を紡ぎだす最初の一行に感電する。そんな体験は初めてのことで、私はこの本の魔力に夢中になってのめりこみ、あっという間に読み終えてしまった。

私が特に好きなのは、「GIと遊んだ話」（一～五）という、題名が繋がっている五編の中の二つ目、クッキーの話だ。いつも戦争の悲惨な体験を延々と話して皆から嫌がられるジャックと、そのバーで働く女の子のクッキー、二人が過ごす特別な時間。「GIと遊んだ話」は全部好きだが、これは中でも一番だ。彼らが過ごした時間に流れた音楽が、こちらの肌まで染み込んでくる気がしてしまう。「LOVE　4　SALE」も大好きで、何度も何度も繰り返し読んでしまった。そのたびに、彼女が買った一年という期間が、どんどん光を増していくようで、どうしようもなく切ないのに、やめられないのだ。「百年生になったら」は、題名を読むだけでにやっとしてしまう。私もチラシのうらに、こっそりと未来の企みを並べてみたくなる。

他にも、今も私の体内に埋め込まれて呼吸をし続ける物語ばかりだ。この小さな物語は、一度読んだら、身体の中でいつまでも光りつづける、とても強烈な一粒なのだ。読み終えてからも、身体の中で、濃度を増しているかのようだ。今でも、私の手の甲で、心臓の脇で、それぞれの物語の粒が疼（うず）いているような気がする。

こんな感覚を得てしまうのは、これらの小説が、特別な言葉で紡がれているからだ。

小説によって密度もテンポも違う、でもどれもたまらなく魅力的な言葉たち。それは全然違うようでいて、通して読むとやっぱり全て、作者独特の言葉で、私は何度読んでも、その言葉の虜(とりこ)になってしまう。そして、身体にいつまでも残る、熱を放つ物語の粒を、とても愛しく思うのだ。

（二〇一〇年十二月十一日号「週刊現代」）

『トモスイ』髙樹のぶ子（新潮文庫）

世界が、言葉に浸っていく

この本は不思議な短編集だ。というと、ファンタジックなものを想像してしまいそうだが、そうではなく、本当に不思議が起こる本なのだ。安全な場所から眺める「不思議」ではない、読者の足元をぐにゃりと溶かしてしまうような感触。今までくっきりと世界を構築していたものたちが、どんどん水彩画のようにぼやけて、心地よい不思議が読者の住む世界に溶けていく。

この十編の短編は、「SIA＝Soaked in Asia（アジアに浸る）」というプロジェクトの中で制作されたものだ。作者の髙樹のぶ子氏は、五年にわたってアジアの国々をめぐり、文学者を訪ねて作品を日本に紹介し、作品周辺の情報を発信した。そして自らの五感でアジアを体感すると同時に、この十編の短編を書いた。プロジェクトの名称をちゃんと知ったのは読み終えたあとだったので、その中に「浸る」という言葉があったことに驚いた。私はこの短編集を読みながら、まさにその感覚を得ていた。たとえば、水。「四時五分の天気図」の、大きな命の渦に自分も巻き込まれていくような海の感触。「天の穴」で全身を濡らす、空からぶつかってくる激しい雨。この作品では、大きな自然の穴が、不思議な出来事へのトンネルでもある。主人公の豊子がある台風の日に出会った奇妙に大人びた口調の少年は、「台風の目」を探している。彼によると、その「目」からは何かが落ちてくるという。そして二人は、本当に目を見つけ、その中へ入っていく。

また、私は、空気にも浸った。「ニーム」という短編ではインドの空気が本当に再生される。言葉によって空気がたちあがり、読み手の肌の周りを実際にその空間に変化させ覆いつくしてしまう。私はその中をさまよう。冒頭で書かれた、「旅のお土産で一番大きなもの」とはこのことだったのではないか、とすら思う。手には、「ニーム」という言葉をぎゅっと握っている。その言葉は何か特別な呪文のように思えて、「ニーム」という文字を見るたび、目玉がしんとした。「ニーム」は、最後、ぽん、っとインドに放られてしまう。あっと思ったときには、それは世界に溶けている。世界がまた、少しだけ柔らかくねじれる。

何に浸ったのか、言葉では説明できないようなものもある。「トモスイ」で、私は確かに何かに全身で浸り、全身にそれらが染み込んでくるのを感じた。だがそれが何なのか、うまく説明することができない。主人公はユヒラさんという、どこか女性らしさが漂う男性と夜釣りに出る。そこで、「トモスイ」という、魚でも海藻でもない、赤ん坊ほどの大きさの、貝の剝き身のようなものを釣り上げる。私とユヒラさんは、二人でその不思議なものを吸う。突起物と穴がある、柔らかい物体。まるで男でも女でもある存在のようなそれを、私も一緒になって吸っている。確かにさっきまで世界にあったはずの何かが、トモスイの食感と一緒に溶けていくのを感じながら。

気がつくと、五感をフルに活用して没頭していた。「天の穴」ではマンゴーの匂いを必死に嗅ぎ、「どしゃぶり麻玲（まれい）」では、麻玲の濡れた髪や睫毛（まつげ）を必死に見つめた。「トモスイ」では、その不思議な食感を、舌で追い求めた。この短編集の中に散らばっている不思議は、物語の中に閉じ込められてなどいないのだ。こんなことを起こしているのは「言葉」なのだ。気がつくと私の五感は現実を離れ、短編を紡ぐ言葉たちのものになっていた。その言葉が特別な魔力を持ったものだと気付いたときには、もう、世界はその力で優しくねじれている。そして、私は正しい柔らかさを取り戻した世界の中にいる。圧倒的な力を持っているのに、この短編集の魔法は心地よくて、そのことを忘れてしまいそうになる。本当に恐ろしいのは、この柔らかいねじれの正しさをずっと私に忘れさせていた現実世界のほうではないかと思いながら、この言葉に浸り、いつまでも漂っている。

（二〇一一年二月号「波」）

初めて出会う懐かしい波紋

『流跡』朝吹真理子（新潮文庫）

読み終えたあと、読後感というのと少し異なった、何かを体験した、という感覚に襲われている。それはとても新鮮な体験であるのに、なぜだか懐かしい気持ちにさせられるのだ。私が漂ったのは一冊の本の中なのか、広い時空なのか、それとも、自己の肉体に染み込んだ記憶の中を泳いだのか。

冒頭、一冊の本から、この物語……というより浮遊といったほうがいいような体験は始まる。「よじれやすい」川の上を舟で行き来する舟頭。水たまりの中に煙突を見るようになった男。波止場に立っている女。姿を変えながらこの白い本の中をゆったりと泳ぎ終えて、感じるのは、大きな時の流れ。命。そしてそこに散らばる、静かな死だ。

たとえば、寺の境内を歩く場面。そのアスファルトの下の土が吸い込んでいるだろう血のしたたりを想（おも）う記述から、ふっと、何百年もの時が流れてきた地面を歩いているのだ、という現実に五感をくらりと揺らされる。どこか夢のような幻想的な文章が、私たちの現実のほうを夢にしていってしまうようだ。「身を流れる血液や髄液といった液体も揺れてぽちゃぽちゃ音をたてる」と舟頭は言う。私たちは、まさに水になって、物語の中を流れていく。

一番好きなのは、水たまりに煙突を見る男が想う、死の記述だ。「……自分が死んだときの骨の焼け方ばかり考える。高熱によって皮膚のうちにたたえられていた液体がいくらかの水蒸気となり、清潔な燐酸カルシウムと細胞のかすもいっしょに煙として吐き出され、誰かがそれを吸う」。今、ヒトであることは夢のようなもので、いずれ雨になり、土に染み込み、または宙を漂う破片になって、物質としてずっと世界を漂っていくのだろう、ということを、不意に思い出す。今、私の首をつたう生温い雨も、はるか昔にヒトだった水で、そこには一欠片の記憶が染み込んでいるかもしれない。本の中を流れながら、私たちは白昼夢のようでもあり現実でもある、この柔らかい世界へと帰っていく。

この、初めて体験する不思議な懐かしさは、私の中を今、満たしている水に溶けている、はるか昔の記憶が振動しているからなのではないか、などと思ってしまう。流れるような文字の感触は、波紋になって、私の身体の中の水に広がっていく。一度広がり始めた波紋は消えることなく、肌を通り抜けて大気へと溶けていくように感じられるのだ。

（二〇一一年二月号「すばる」）

『寒灯・腐泥の果実』西村賢太（新潮文庫）

「目」が創る完璧な標本

大学生のころ、私は「目」に執着していた。そのころの私のメモ帳には、「目」「目を手に入れる。必ず！」「目を常に忘れない」「目！目!!」などと、赤字の太いペンや、筆圧が強すぎてぎらぎらと黒光りする文字で大量に書き殴ってあり、もしも誰かが読んだらさぞかし薄気味悪く思ったことだろうと思う。

それは、感情的にならず客観性をもって、静かに自分の作品と登場人物を見つめることができる「目」のことだった。あまりにも基本的なこと過ぎて恥ずかしいが、私は何度も何度も呪文のように自分に言い聞かせないとすぐに見失ってしまう気がして、不安になるとノートの上のほうに「目」「目」「目」と何度も繰り返し書いてしまうのだった。

この作品を読んだとき、その「目」が作品の中央に、しん、と浮かんでいるのが見えた。

それを見て、私はああ綺麗だなあ、と思った。この作品に浮かぶ目は、揺れることなく静かな月のような佇まいで、常に世界の上で人物たちを見つめていた。

この本には四つの短編が収められている。そのうち三編は、主人公である貫多とその恋人の秋恵の同居生活を描いたものである。最後の短編では回想として、秋恵と暮らしていた頃の出来事が綴られる。

秋恵は、十年に及ぶ期間、全く異性からの愛情に恵まれなかった貫多にとって、初めて同棲まで漕ぎつけることができた女性である。幸福な生活を始めたはずの二人に、マンションの些細なトラブルを巡って諍いが生じる顛末。貫多の異様な鼻の鋭さと神経質さから起こる言い合い。初めての年の瀬を二人で過ごす姿。読んでいて、登場人物の仕草の一つ一つ、交わされる言葉の一言一言、表情の小さな動き、すべてが無駄なく完璧にコントロールされているのを感じた。

私自身が女であるせいか、秋恵の言葉や表情の変化につい引きずり込まれてしまいそうになる。特に、最後の一編「腐泥の果実」での秋恵の姿はあまりに秀逸で、何度も読み返してしまった。

この回想の中の秋恵は、前の三編での彼女とは少し様子が違う。真っ直ぐに傷ついたりきちんと反論したりすることをやめてしまった彼女の、表向き従順でありながらこちらを冷たく観察してくるような様子が、誕生日の夜のやりとりだけで、ありありと伝わってくる。プレゼントに対する貫多の文句に奇妙に落ち着いた態度で応じている彼女に、思わず貫多が「でも去年は、手紙もついてたような気がするけどよ」と言った瞬間ニヤリと笑う、そのとてもささやかで凄絶な彼女なりの復讐に、心臓の奥から嫌な液体がどろりと流れ出たような気持ちになる。

ステーキをカツにしろと言われた秋恵の抑揚のない喋り方、表情の動き、ちょっとした仕草から、心を死んだ状態にして表向き従順に相手に従う姿の奥に渦巻く感情が、紙の奥から匂ってくるようだった。

秋恵だけではなく女全体が観察されているような気になり、少々居心地が悪くなりつつも、その鋭さに舌を巻いてしまう。女は、本当によくこういう状態になる。そして、水面下で静かに別れの覚悟を固めていく。

私には、秋恵という女性が、ある小説の登場人物に留まらない、もっと普遍性のある「女」の姿であるように思えた。そして、貫多という男も、心の機能を停止させて薄く笑うことを覚え始めた無数の女たちの側(そば)にいる、やはり無数の男たちが溶け合って具現化した存在であるような気がした。

「目」から観察されているのは秋恵だけではない。主人公である貫多は、秋恵以上に観察されている存在だ。彼は表情や声の抑揚だけでなく、心の中の動きまで冷静に観察されている。初めて恋人と迎える正月に期待していた貫多は、彼女が帰省しようとしていたことに苛立ち、だんだんと暴力的な気持ちになり暴言を吐いていく。または、タクシーに乗ったことで背広についてしまった匂いに癇癪を爆発させ、秋恵に怒りの矛先を向け、怒鳴りつける。その感情の変化の過程が、こんなに冷静に現実世界から取り出されて文字になっているということに、震えた。その上に佇んでいる静かな「目」の存在がたまらなく尊いものに思えた。

その「目」によって現実から余計な情報や要素は削りとられ、男と女のやりとりが、彫刻のように丁寧に鮮やかに彫り出されている。

ここまで激しいものではなくても、これに通じるような男女の諍いは現実世界で無数に繰り返されている。それがこんなにも完璧な形で標本になっているのを見て、私は「美しい」と感じた。表情の動き、交わされる言葉たち、どこにも無駄が一切ない。この本の中に閉じ込められている二人の人間のやりとりは、完璧だった。

秋恵に対する酷い仕打ちを見ても、貫多を悪人だとはどうしても思えない。彼が誰よりも「人間」だからだ。秋恵を「ゴキブリ女」と罵って家を出た貫多は、外で酒を飲みながら目の前のテーブル席にいる男女を見て、自分が十年の間抱えていた孤独を思い出し、秋恵に対する未練がこみ上げて、急いで家に帰って彼女に謝る。その自分勝手さが、とても「人間」なのだ。この本の中に標本になっているのは「男と女」のやりとりだけではない。「人間」の自分勝手さ、積み重ねた孤独からくる執着心、湧き上がる黒い感情、そうしたものがとても冷静な見えない手によって整理整頓され、ここに保存されている。

それでも、その姿はおどろおどろしいわけではなく、ユーモラスでもある。秋恵の作ったカレーを食べながら麦茶が出てこないという場面はとても可笑しいし、あちこちに見えるこうした描写ではつい笑ってしまう。

この小説は、とても愛しい。秋恵も貫多も、人間としての普遍的な感情まで掘り下げられ、彼らの内部は読み手である私たちの内臓と繋がっている。触れてどこかの一文字を崩れさせたら台無しになってしまいそうなほど隅々まで完成されている彼らの感情描写は、匂いになって漂ってきそうなほど切実で生々しく、そして美しい。繰り返し読めば読むほど二人が、そして人間が愛しくなっていく。駄目だからこそ、愛しい。私は奇妙な温かい気持ちに戸惑いながら、それでも中毒になって、何度も彼らの凄絶なやりとりを繰り返し咀嚼してしまうのだ。

（二〇一一年九月号「新潮」）

誤魔化しのない、真剣な受け答え

『大学生と語る性――インタビューから浮かび上がる現代セクシュアリティ』

田村公江・細谷実（晃洋書房）

これを読んでいる方々は、誰かと自分の性について、冗談交じりではなく真剣に語り合ったことがあるだろうか。例えば、初めての性行為がいつ、誰と行われて、どのようなものだったか。痛かったのか、嬉しかったのか。風俗には行くのか。行くとしたら、行かないとしたら、それは何故か。マスターベーションはするのか、週に何回どのようにするのか、したことがないなら何故しないのか。

私が大学生の頃、友人と性について語るとき、冗談交じりに、お酒を飲みながらすることが多かった。「ネタ」としてあまり面白くない話はしないし、何か悩みがあって話し始めても、深刻な雰囲気にならないように冗談めかして喋り、結局は笑い話で終わってしまったりした。

この本の中には、そういう誤魔化しのない、真剣な受け答えがある。自分はどうだろうか、パートナーとすらこんなに真剣には話したことがなかったのではないだろうかと、考え込んでしまった。

この本は大学生に実際に行ったインタビューとアンケートをもとにつくられた一冊だ。第Ⅰ部ではインタビューを文字に起こした大学生の性の生の言葉が、第Ⅱ部では彼らの語りを受けて、様々な視点から考察した研究論文が載せられていて、どちらも読み応えがある。

インタビューは大学生に対するものだが、私にも共感できるような内容も多かった。私たちが普段避けているようなナイーブな事柄にも話は及ぶ。自分ならどう答えるだろう？　と、何度も立ち止まって考えさせられた。

例えば、女性を絶頂させようと頑張る彼氏に、「別に毎回イケるわけじゃないんだよ」と説明する女の子。どこそこが気持ちいい、こうして欲しい、ということを相手に言えない女の子、また逆に、ちゃんと言うという女の子。恋愛が敵だと世の中全てが敵に回ってしまうという男の子。自分と同じ違和感を見つけることもあれば、自分が違和感を与える側になっていることに気付かされることもある。何度もはっとさせられ、その度に、自分を見つめなおした。

コラムに書かれている「クオリティ・オブ・セックス」という言葉が、心に残った。質のよいセックスとは、単に相性などではなく、まず自身が自分の身体や嗜好をちゃんと把握していること、そしてそれを互いにきちんと伝え合うことから生まれていくのでは、という当たり前のことに改めて気が付き、現実にそれをしていくにはどうすればいいのか考えさせられた。本を読みながらいつの間にか、自分の性と、身体と、向き合っていた。

それは、この本の中では「性」というものがとても丁寧に、大切に扱われているのを感じ、紡がれている言葉をとても信頼して読むことができたということも大きいと思う。性に関する生の声というと、テレビや雑誌などで面白半分に扱われているものを目にすることも多く、そうしたものを見ると辛い気持ちになるし、自分を見つめ直すどころか耳を塞ぎたくなってしまう。この本を読んで素直に自分の性と向き合おうと思えたのは、この本に流れている、書き手の方々の誠実な姿勢が信頼できると感じたからだ。

人に真面目に語ったことがないということは、客観的な目で自分の性を見直したことがないということでもあるのかもしれない。この本を読むこと自体が、自分にとって貴重な体験になっているのを感じた。世代を問わず、誰にでも読んで欲しい、貴重な一冊だ。

（二〇一一年十二月十六日「週刊読書人」）

「人」という絶望と希望

『部屋（上下）』エマ・ドナヒュー著、土屋京子訳（講談社文庫）

読み終えたあと、表紙にある「部屋」という題名を、再び目でたどる。読む前とはまったく違う印象を与えるその文字は、恐ろしくもあり、けれど美しくも感じられる。この「部屋」というのは、もちろん、主人公の少年、ジャックとその母親が暮らしていた部屋を示すものだろう。けれど、私には、それ以外の「部屋」の存在が強く印象に残り、読み終えてもしばらくは、その残像が頭の中から消えることはなかった。

　この物語は「部屋」でジャックが五歳の誕生日を迎えた朝から始まる。ジャックの視点で語られる楽しい誕生日の光景は、心温まるようで、どこかヘンだ。ジャックのユーモラスな語りの隙間から少しずつ見えてくる、異常な状況。ここが普通の部屋ではなく、二人は監禁されていて母親は男に強姦（ごうかん）されており、ジャックはそうして生まれた子だということが、少しずつ明らかになっていく。

　十九の若さで男に監禁された母親にとって、ジャックは希望そのものだ。ジャックのために抵抗をやめて男に従い、夜は男に見られないように洋服ダンスの中にジャックを隠し、ジャックのためにさまざまな工夫をして彼を育てている。規則正しい生活をして、部屋の中でできる運動を行い、部屋の中のものを何でも工夫して教育に使う。それはジャックのためでもあるし、母親自身が希望を失わないためでもあるように思える。ジャックを何とか無事に育てること。それだけが、母親を支えているように思える。

それでも、限られた環境の中ではどうしても説明しきれないこともある。「部屋」を出たことがないジャックには、「部屋」に「外」があるということが理解できない。部屋にはテレビがあり、そこには人間が映っているが、それはホンモノではない。ホンモノはジャックと母親だけ。そんな世界に、ジャックは生きている。ある出来事をきっかけに、母親は大きな賭けに出ることを決意する。ジャックに全てを話し、脱出を試みるのだ。「外」があるということすら実感が湧かないジャックは、それでも母親の言いつけを守って死体のふりをし、部屋から脱出する。ジャックの言う「《外》の中」へと飛び出すことに成功し、二人の極限状態は終わったかに思えたが、その先には新たな困難が待ち構えている。「部屋」を出た先には希望に満ちた、平穏な生活が待っていると、母親も、読者である私も思っていた。その先にさらに続く、精神的拷問とも言える極限状態に、背筋が凍りながらも、ページをめくるのをやめることができなかった。

ジャックが脱出するまでの前半を読んでいたとき私はある意味幸福だった。ジャックと母親に感情移入し、誘拐犯であるオールド・ニックというわかりやすい「悪」を憎んでいればよかった。そのとき、私は自分を正義だと信じ込んでいた。けれど、「外」に出てからの絶望は、私を混乱させた。私たちは、より「人間」である人たちの与える絶望の中に引きずり込まれていく。私たちの中にも潜んでいる、誰かの「絶望」である私たちの姿が、そこにあるように思えてならないからだ。

犯人に強姦されてできた子であるジャックを孫として受け入れることができない父親。ニュース番組のヒーローであるジャックに気付いて大騒ぎし、サインを求める女性。テレビのキャスターと、そのテレビの向こう側にいる無数の視聴者たち。わかりやすい「悪」とは違う、どこにでもいるような人間の形をした絶望たちが、母親を蝕んでいく。

この絶望の「外」はどこにあるのか、母親とジャックはどこへ「脱出」すればいいのか。「部屋」の中で「あした《外》の中にはいってみようよ」とジャックが言ったとき、そのユーモラスな発想と表現に思わず笑ってしまった。けれど、実際に出てみると、《外》であるはずの場所はとても息苦しく、出口もない、閉鎖された絶望的な空間であるように見えてくる。これも一種の「部屋」なのではないか、という思いがよぎる。私たちが知らず知らずのうちに誰かを閉じ込め、閉じ込められている、目に見えない「部屋」がそこにある。

衰弱しきった母親は、自殺未遂という手段でその部屋の《外》へ出ようとする。そこまで彼女を追い詰めた「悪」は誰なのか。物語の前半で、オールド・ニックを憎み、「悪」そのものだと怒りを覚えていた私自身も、誰かの絶望である時があるのではないか。誰かを閉じ込める「部屋」になっている瞬間があるのではないか。ジャックのユーモラスな語り口の陰に鏡があって、そこに自分自身が映し出されているような気がして、息が詰まった。

物語の最終部、ジャックと母親は三つ目の「部屋」へと足を踏み入れる。そこは今までの部屋と違い、ジャックと母親が強制的に閉じ込められた部屋ではない。母親が自分の意思で手に入れた部屋だ。母親とジャックは、この「部屋」で新しい生活をスタートさせる。

ようやく希望が見えてきたことにほっとするが、その先にわかりやすいハッピーエンドが待っているわけではない。けれど物語の最後、「《外》の中」へ閉じ込められているジャックと母親、そして読者を、ジャックは本当の《外》へと連れ出してくれたように思う。

「人」は誰かの絶望にもなり得るが、希望になることもできる。生々しい絶望たちのなかで、綺麗事ではない、どっしりとした「希望」を、私たちはジャックの中に、母親の中に、または二人を取り囲む人間の、微かなやりとりの中に、見つけることができる。

だからこそ、扉をあけて「部屋」の外へ向かう二人の未来が、困難はありつつもきっと幸福へ向かっていくだろうと、信じることができる。そして、私たちが《外》という部屋に閉じ込められたとき、または誰かを閉じ込める「部屋」になってしまったとき、それでも私たちは絶対に扉を開けて、本当の外へ向かって行くことができるのだと、信じることができそうに思えるのだ。

（二〇一二年二月号「群像」）

自分だけの「学問」のために

『学問』山田詠美（新潮文庫）

私が初めて足の間で自ら性の感覚に触れたとき、私はまだ幼稚園にも通っていない小さな子供だった。それはとっても不思議な出来事だった。自分の足の間で起こる化学変化に、私は夢中になった。サイダーの泡みたいなしゅわしゅわとした快感は、万華鏡の中の光るビーズに似ていた。私は毛布に顔を埋め(うず)めて目を瞑(つぶ)り、いつも自分の身体の中の、快感の粒でできた万華鏡を見つめていた。

大人になって、こうした話をするとぎょっとされてしまうことがある。高校生になって何気なく友達に話したときは「すっごい進んでるね」とびっくりされてしまったし、大学のときも同様だった。男の子たちはもっと不可解で、自分から話題に出さなくても飲み会の席で「女の子ってそういうことしてるの？」とやけに絡まれたり、恋人から「したことある？　やってみせて」と懇願されたりした。そういうとき私は、「そんなことやったことないし、できない」と嘘(うそ)をついた。それは、私にとってその行為がとてもプライベートな魔法のようなもので、彼らに引きずり出されて興奮の対象にされたりするようなものではないからだった。

どうして自分の無垢な行為がそのように扱われてしまうのか、私にはずっとわからなかったし、これからもわからないと思う。小学校の頃、この魔法が自分の発明だと思っていた私は、友達を集めて皆に魔法の方法を教えようとしたことすらあった。それくらい、私にとってこの行為はいやらしさとは程遠いものだったし、悪いことや恥ずかしいことだとは、夢にも思わなかった。

『学問』を初めて読んだとき、主人公の仁美と、自分のプライベートな魔法を、初めて共有できた気がした。けれど、仁美はそのことをとても誇りをもって大切にしているので、たとえば小学生の私が近づいて、「あなたも、あの魔法使うの？」と声をかけたところで、きっと、一緒になってその話で盛り上がったりすることはできなかっただろう。そう考えると、友達皆にこの魔法を広めようとしていた私は、仁美に比べればあまりにも子供っぽかった。

仁美の「学問」を、仁美ほど健全に、誇り高く学んでいける人はそう多くないだろうと、頼もしい気持ちで思う。読んでいる間、私は仁美の呼吸を感じている。物語の舞台である美流間（みるま）の美しい光景の中で、騒がしい教室の中で、裏山の隠れ家の中で、彼女が一人で行う大切な儀式の中で、仁美が生きて、呼吸をしているのを、冒頭からずっと、強く感じている。その彼女の呼吸が、どんな風に止まるのか。それは一番最初に、記事の引用という形ではっきりと提示されている。だからこそ、私には彼女の息遣いがとても尊いものに感じられるのかもしれない。物語に描かれていない部分で彼女がどのように生きたのか。読者は、「欲望の愛弟子(まなでし)」になった彼女が誇り高く生きていく姿を、鮮やかに見ることができる。

「おれ、まっとうして死にたい」

心太(しんた)のこの言葉は、太く、強く、言葉から根が生えたみたいに私の内臓を摑(つか)んで、今も私の中でゆっくりと私を揺さぶっている。

「おれ、ただ、ちゃんと死んだ人が好きなだけだ。あいつ、そうじゃなかったじゃん」

心太は、こうも言う。

その言葉通り、彼の好きな人たちは皆、まっとうして死ぬ。彼らの死を読み返すたび、私は誇らしい気持ちになる。そのことがどんなに価値のある勲章か、読み終えた私たちにはもうわかっている。

誰の手も借りず、自分の意思でゆっくりと孵化(ふか)していく仁美を見つめながら、自分はどうだったのかを思い出す。

小学校のころに兄の部屋を漁(あさ)っていた私は、女性の裸がいっぱい載った本を見ては、自分もいつかこうなるのだ、と思っていた。つまり、男性の性欲という大きな機械仕掛けの歯車になると思っていたのだ。

　そうではないとやっと知ったのは高校生になってからだった。高校生のとき、私の鞄(かばん)の中には、いつも『フリーク・ショウ』が入っていた。私は歯車ではなくて、欲望を自ら表現していい。そのことは私を浮き立たせた。そのことがどんなに素晴らしい革命だったか、もとからそんな機械仕掛けの存在など見向きもしない仁美には、きっとわからないと思う。高校生の彼女は、生身の男は使い物にならないな、とあっさり思うくらいなのだから。

　その仁美も、物語の最後では、一人の男の子に囚(とら)われる。

　生身の人間に支配された仁美は、儀式とはもう呼べない行為に没頭し、初めて自分を慰めるということを知る。

「このねじけた行為を、人は、自慰と呼ぶのか」

　彼女は、こうして、欲望の愛弟子になる。

　……仁美よりずっと大人になってからだけれど、私も、「囚われた」と感じたことがあった。その男の子は同じアルバイト先の男の子で、坊主頭で、綺麗な筋肉をしていて、少しだけ高いよく響く声をしていて、深い色をしたよく動く黒目はセックスのときだけ、濡れて静かに佇んだ。

本好きだったその男の子にお勧めの本を聞かれて、私は山田詠美さんの本を貸した。確か『ベッドタイムアイズ』だったと思う。その後、私の過去の性行為をめぐって彼と喧嘩になったとき、「山田詠美の本からなにも学んでない」と私が言って、彼が小さく笑ったので、『ぼくは勉強ができない』も貸していたのかもしれない。

私は仁美みたいに上手に欲望の愛弟子になれなくて、自分の肉体に引き摺られるように、とにかく彼の声を、感触を、少しでも摂取しようと躍起になった。そのときだけは、私の無垢な、プライベートな魔法は、封印となった。私はあのとき、自慰をするしかなかった。肉体は彼に支配されていて、私の育ててきた無邪気な魔法の入り込む余地はなくなってしまっていた。そのことに、仁美の言葉で初めて気がついた。あれが自慰だったのか、と間抜けなことに、私はこんなに大人になってから、高校生の仁美に教えられたのだった。

こうして仁美と比べながら自分の「学問」を振り返ってみると、仁美に比べればあまりに危うくて、いびつで、子供じみている。けれど、まるで子供時代の仁美にとっての心太のように、私には山田詠美さんの本があった。いつでも頼もしくて、格好よくて、そして、まっとうだった。私が歪んだ場所でおろおろしているときも、まっとうな場所から、「何でそんなとこにいるだら」と不思議そうにこっちを見ていてくれていたような気がする。

自分の価値観を手に入れて、その中で呼吸をし、生きていくこと。私は仁美よりだいぶ勉強が遅れているみたいだけれど、その過程こそが学問なのだと、開き直ろうと思う。

私には二種類の読書があって、一つは普通に読むだけの読書。もう一つは、何度も何度も、百回以上も読み返し、そこに紡がれている言葉が自分の身体の隅々まで染み込むように、またその本に自分の匂いが染み込むように、幾度も言葉の中を泳いで、私だけの一冊をつくりあげる読書だ。

そういう読書ができる本は、滅多にない。けれど、私にとって山田詠美さんの本はいつもそういう存在だったし、この『学問』も、そういう本だと思う。むしろ、そういう読み方しかできない本であるように思う。

「わたし、まっとうして死にたい」

心太の真似をして、私もそう呟く。私は何度も何度もこの言葉を食べたから、私の細胞の、血管の、どこかで、ちゃんとこの言葉が呼吸していると思う。そういう読書ができたことがどんなに幸福なことだろうか、と誇らしく思うけれど、きっとこれを読み終えた人たちには、何でそんな当たり前のことを威張って言うのだろう、と不思議に感じられてしまうかもしれない。それでも、私はやっぱり、威張りたい。これからも幾度も彼らの紡いだ言葉を食べ続けていくことを、誇りたいと思う。

（二〇一二年三月・新潮文庫「解説」）

その「振動」の先へ進むとき

『迷宮』中村文則（新潮文庫）

ある種の事件が、人を無性に魅きつけることがある。人間が起こしたとは思えないような、異常性のある、吐き気をもよおすような凄惨な殺人事件。

衝撃的なその事件について、テレビで毎日報道される。私たちは釘付け（くぎづ）けになる。「怖いわね」「犯人は異常だ、人間がしたこととは思えない」などと言いながら。けれどそのとき、自分のなかに、ある「振動」を感じたことはないだろうか？

テレビではコメンテーターが、「まったく理解できない」などと話している。けれど、本当にそうだろうか？

こんな事件が起きることを、私たちはずっと前から知っていた。そんな気持ちになることはないだろうか。

事件の異常性が明らかになっていくにしたがって、「振動」は大きくなっていく。……その震えを、誰もが、本当は、味わったことがあるのではないだろうか？

平穏な自分の日常に起こりうるはずのない凄惨な光景に、なぜ自分の内部が震えるのか。恐怖ではなく、共鳴で。

この物語は、主人公が幼いころ受けたカウンセリングのシーンからはじまる。白衣を着た男が、主人公にある提案をしている。幼いころの「僕」の中にいる目に見えない存在、「R」に自分の陰鬱（いんうつ）の全てを背負ってもらう。「僕」はそこそこ明るくなり、大人になり、仕事をして生きていく。そう言った白衣の男はなぜか謝罪するように目を細めて僕を見る。そんな記憶だ。

大人になった「僕」はある女性と出会う。やがてその女性が、「日置事件」または「折鶴事件」と呼ばれる一家殺人事件の遺児であることを知る。夫、妻、十五歳の長男が殺され、十二歳の美しい少女だけが残った事件。迷宮入りとなったその事件が起きたとき、当時十二歳だった「僕」は思う。

「Rがやったのではないか、僕の代わりに」

なぜなら、その事件の光景は、「僕が」望んでいたものだったからだ。

「僕」は女性に、「折鶴事件」に、そしてその先の迷宮へと、導かれるようにのめりこんでいく。まるで、ずっと「僕」がそこへやってくることを、誰もが知っていたみたいに。

読んでいる間、あの不可解な「振動」の中へ進んだらどうなるのか、という、叶えってはいけない願望を本当に叶えているような、深層心理の一番いけない部分に触れているような、とても不安定な快楽があった。この小説は私にとって、とても危険な小説だった。自分の中の無意識の振動に透明な手が伸びてきて、引き摺り出される感覚になる。心がどこか正常ではない場所へと連れ出されて精神が危険な状態になっているのを感じて、一行読んでは休み、一行読んでは目を閉じて、それでも先へ進むのはやめられない。危険で魅力的な小説だった。読み終える頃には、皮膚を全部はぎ取られて内臓だけになったような過敏な状態で、私はこの物語の中にいることが幸福になっていた。

小説は危険なものだと、改めて感じる。幸福な読書体験ほど危ないけれど、だからこそ、物語は精神にとって「出来事」になる。

「予感」だけで抑え込んでいる、危険な無意識の蠢き。それが現実になっていく物語。魂がフィクションではない体験をさせられるような、決して読んではいけなかった、でも無意識の中の蠢きが、ずっと渇望していた物語。

その凄惨な光景が、どうして懐かしいのだろう。人間がしないとされている行為が作り出した光景が、どうしてこんなに愛おしいのだろう。事件現場の写真を見たという探偵は言う。

「カラフルな折鶴に埋もれて、全裸で、何かの本質のようでしたよ。上手く言えませんが」

殺人の全容（と言っていいのかはわからないが、ある人物の口から告げられた事件の経緯）が明かされたとき、私は、完璧だなあ、と思った。トリックや犯人のことなどではない。もっと根が深い完璧さで、その殺人は完成されていた。

私は、自分自身の中に、「完璧な殺人」のイメージがあったことに気付く。そしてここに描かれている殺人は、どこかそうした普遍的な完璧さを備えているのだ。少年が精神科の箱庭療法で作った、あの箱庭みたいに。

少しでも「振動」を感じたことがある人なら、考えてみてほしい。その振動の先へ進めるとしたら？　自分にとっての「完璧な殺人」とはどんな光景か？

ここにあるのは、折鶴の色彩。少しの精液。全裸の女性。少年の部屋にあったプラモデル。炎。研ぎ澄まされた言葉で紡がれた箱庭が、私を魅了する。パズルがはまっていくように、自分の深層心理にあった光景と、どこか一致している。普遍的な何かが宿っている光景だ。

自分にはそんなものはない、と言う人もいるかもしれない。でも私には、思ったよりもずっとたくさんの人が、心の中に、深層心理の中に、「完璧な殺人の光景」を持っているような気がしてならないのだ。そして、それが怖いことというより、温かいことに思えてしまうのは、なぜだろうか。死体になっていくほうだけではなく、死体をつくっていくほうの指に、温かい血の匂いがあるからだろうか。

この物語のあと、私は少しだけわからなくなる。人を殺すのと、殺さないのと、どちらが「人間」か。

物語の最後近く、「僕」は女性の首に手をかける。彼は言う。

「僕の存在が、僕の身体に一致しようとしている」

目の前に、完璧に準備された箱庭がある。パズルの最後のピースは自分。手を伸ばして「殺人」という行為をすれば、箱庭が完成する。ずっと見たかった光景が完成するのだ。そのとき、私たちはどうするだろうか？　その光景を完成させることで、私たちは人間ではなくなるのか、それとも逆なのか。

「振動」を持ったことがある人も、持たない人も、ぜひその状況へと「招待」されてほしい。こんな風に書くと怖い所のようだけれど、そこはとても懐かしい場所なのだ。ずっと私たちはそこへ行きたかったのだ。そんな言葉が、深層心理から引き摺り出される。幸福で危険な読書が、ここにある。

（二〇一二年八月号「新潮」）

宙からさらに飛んでいく

『嵐のピクニック』本谷有希子（講談社文庫）

驚かされる着想と、着想力だけでは終わらない、そこからの跳躍がある。可愛らしい表紙の中に、想像もつかないような世界が広がる、十三作の強烈な密度の短編集だ。

たとえば、「哀しみのウェイトトレーニー」。自分にあまり自信のない三十代の主婦が、ある日、ボディビルにチャレンジすることを決心する。「Q&A」は、【いい女】の代名詞として女性誌の世界で憧れの的である女性が年をとって病院のベッドから送る、数々の質問とアンサー。「いかにして私がピクニックシートを見るたび、くすりとしてしまうようになったか」では洋服店の店員が、試着室の中からいっこうに出て来ないお客様を、「こうなったら絶対に気に入るお洋服、探しましょう！」と試着室ごと外へと連れ出していく。

登場人物は猿から悪の組織と闘ういたいけな女の子（？）まで。ここであらすじだけ読んで、きっとこんな風に話は終わるんだろうな、と想像するようなものとは、多分まったく違う、予想もつかない方向へと、物語は飛躍していく。

つまり、この短編たちを読んだ読者は、二回飛ぶことができる。まずは、それぞれの短編の一行目を読み始めたとき。思いがけない設定や、びっくりする言葉で、私たちはどかんと不思議世界へ飛んでいく。そして、空中からのさらなるジャンプ。読み進めていくうちに、私たちは空中に浮かんでいる見えないジャンプ台から、ひらりとさらに高いところへ飛躍している。その心地よさ。

ただ奇妙なだけの話だったら私たちはジャンプなどできない。地面からぽかんと物語を眺めながら理解不能だと頭を抱えてしまうだけだ。でもこの短編たちはそうではない。どの話にも、奇妙なリアリティがあるのだ。シュールなのに生々しい。人間のある部分が、最高にデフォルメされて見たことがない生き物になって雲の向こうへすっ飛んでいくのが見られるような。だからここには、ぞくりとするような怖さと、愛しさが同居している。ぎゅっと抱きしめたいようなチャーミングさがある。飛んでいて、奇妙な心地よさがある。物語に振り回されてとてつもない方向へすっ飛びながら、その妙に説得力のある飛躍に共鳴している。この凄味のあるチャーミングなジャンプは、きっとこの本の中でしか体験できない。だから、もっと読みたい、飛びたいと思うのだ。

（二〇一二年十月号「すばる」）

遠吠えが貫く未来

『肉骨茶(にくこっちゃ)』高尾長良（新潮社）

「食べる」ということについて考えることがある。どうして自分は豚は食べるのに猫は食べないのか。夕食に鶏肉(とりにく)を買いに行くのに通り道に群がる鳩(はと)を狩らないのか。人間は人間を食べないのか。

食べるという行為に私が惹かれるのは、それが一番身近な肉体感覚であるからだと思う。私たちは食物を歯で砕く。食道を通り過ぎていく。食べ終えた後は身体の中に食物の存在を感じる。毎日繰り返すこの行為に伴っている肉体感覚について、度々思いを巡らせている。そんな私のところに、すとん、と落ちてきた物語だ。

主人公は赤猪子(あかいこ)という十七歳の少女だ。一六〇センチ、三五キログラム。拒食症の彼女は、母と一緒に海外旅行へ来ている。シンガポールからマレーシアへの入国審査の際、彼女は前々からの計画通り、ツアーを抜け出して友人のゾーイーと落ち合い、彼女の別荘へと逃避する。

こうして書いたあらすじと矛盾するようだが、読み終えてまず思ったのは、ここに描かれているのは本当に「拒食症の少女」の物語だったのだろうか、ということだ。彼女は食べて吐くタイプの拒食症ではなく、ひたすらに食事を避け、母の弁当はトイレへ流して捨て、やむをえず食べてしまったときには懸命に動き回ってカロリーを消費しようとする。

これらの彼女の行動は拒食症そのものだが、彼女の拒食の理由ははっきりと描かれていない。そのため、主人公の心の中ではなく、彼女の得ている肉体感覚だけが物語を突き進んでいっているような印象がある。

赤猪子は度々、下腹に力を込め、「遠吼え」という不思議な音を発する。腹から発されるこの言語ではない声は、一体私たちに何を示しているのだろうか。

物語の終盤、ゾーイーの幼馴染の鉱一が赤猪子の肉体に触れる描写がある。そのとき、彼女の肉体は、「痩せこけた拒食症の少女の肉体」ではなく、初めて出会うまったく新しい生物を描写するかのような言葉で表現されている。その姿からは病的な感じより、むしろ一匹の動物としての野性味が感じとれる。

力なく遠吼えをした赤猪子は、「こうなの。私はこうなの」と呟く。だんだんと、ここにいるのは人間であることを拒絶している新しい動物ではないかと思えてくる。赤猪子の姿はそうして見れば奇妙にナチュラルに感じられ、そうなってくるにつれ、赤猪子の目から見た「人間らしい人間」の姿が異様に見えてくる。本来異様であるはずの赤猪子ではなく、ゾーイーやそのお抱え運転手のアブドゥルのほうがずっとグロテスクなのだ。

特にゾーイーの不気味さは印象深い。物語の序盤から赤猪子に親切に接し、別荘に匿い、食べ物を与えようとするゾーイーの平凡な親切さは、赤猪子を追い詰める。そして鉱一と赤猪子のスキンシップを目にしたゾーイーは豹変し、「肉骨茶」を赤猪子に突きつけ、「食べろと言ってるだろう！」「食べろ、赤猪子、食べろ、早く食べろ！」と口の中に肉片を押し込んでくる。

彼女はゾーイーという一人の平凡な人間、そして人間であることを彼女に強要してくる人間に対して「遠吼え」を轟かせる。完璧な遠吼えで世界を突き飛ばした赤猪子は、裸足のまま外へと走り出していく。

物語は不思議な終わり方をする。まるでここから先に、新しいページが待っているような情景の中、赤猪子の拒食という衝動はいつの間にか自己の肉体ではなく世界へ向かっていて、彼女にしか進めない未来を貫いている。

赤猪子はどこへ走っていくのか。その姿は、もう拒食症の少女、という言葉では表現できない未知なる生物へと変化している。ここから見たこともない物語が始まっていくのだということだけが鮮烈に伝わってくる。その先のページが知りたいと思わせる、そんな力強いラストだった。

（二〇一三年三月号「波」）

心のビタミンが欲しい

子育て中の2児の母です。次女が2歳半を過ぎ、少し自分の時間を持てるようになりました。久々の読書向きの心のビタミンになる本を教えてください。

(長野県　主婦　33)

■回答　村田沙耶香（作家）

いらっしゃいませ。私のお店は、言葉でできたサプリメントを取り扱っています。言葉でできたビタミンも沢山あります。まずは、**『来福の家』（温又柔、白水社Uブックス）**などいかがでしょうか？　台湾人の両親を持ち東京で育つ主人公の家では、日本語、台湾語、中国語が飛び交います。何千種類もの言語がある世界で暮らしているのだということの柔らかさを身近に感じることができます。

『週末カミング』（柴崎友香、角川文庫）も大変おすすめです。こちらは短編集で、それぞれの主人公が感じている空気の匂いやその目が捉えた情景が細部まで描かれていて、八通りの「週末」の姿を精密に味わうことができます。自分の日常の少しだけ特別な「週末」が愛しく感じられるような、素敵なビタミンです。

こちらのケースの中にあるのは『**なめらかで熱くて甘苦しくて**』（**川上弘美、新潮文庫**）です。「性」をテーマにした五編が収められています。この五編を読み終えたとき、「性」というものの意味が柔らかく形を変えてしまうかもしれません。自分が今立っている時間の前と後ろに流れている大きな時の流れの存在に、するりと気付かされてしまうかもしれません。

言葉のビタミンはとても効果が強いものが多いので、どうぞ気を付けて服用なさってくださいね。本から顔をあげたとき、世界が変わってしまっても、それこそが良質な読書体験だと私は思います。その危険で幸福な体験を、どうぞ心ゆくまでお楽しみください。

（「本のソムリエ」二〇一三年七月二十一日「読売新聞」）

柔らかく形を変えていく「性」

『なめらかで熱くて甘苦しくて』川上弘美（新潮文庫）

五つの短編を読み終えたあと感じるのは、人生の一部としての性、生と死、そしてそれが繰り返される長い時の流れの存在だ。

ここに描かれている性は、柔らかく形を変えながら、人生の一部として存在している。「さまざまな人生の瞬間に、それはきらきらと光った」。これは作中の「それ」という不思議な生き物についての一文であるが、これを読み終えた私には、「性」そのものがこんなふうに、人生のさまざまな瞬間に現れていたような気がする。それは、きらきらと光ってばかりではなかったかもしれない。日常の平凡な出来事であったときもあれば、恐ろしく感じられたときもあった。この小説を読むまでは、自分はこんなふうに、柔らかく性をとらえていなかったような気がする。でも今、自分の人生を思い返して思う。「性」はいつも変化していた。思春期のころ出会った鮮烈な性だけではなく、生ぬるかったり、優しかったり、ユーモラスだったりしながら、人生の中に現れた。そのことに初めて気付かされたということに呆然（ぼうぜん）とした。

短編の題名は、「aqua」（水）、「terra」（土）、「aer」（空気）、「ignis」（火）、「mundus」（世界）と名付けられている。一番最初の短編、「aqua」は、題名のとおり、みずみずしい少女時代の性が描かれる。小学校三年生の田中水面（みなも）が転校してきたクラスには、水面と同じ苗字（みょうじ）の田中汀（みぎわ）という女の子がいる。時はするすると流れていき、水面の身体も、汀との距離感も変化しながら、どこか鏡合わせのような二人の高校時代までが描かれる。

水面が高校一年生になるまでの七年間。時の流れはあっという間だ。少女である水面にとって、最初は性は未知のものだ。「セックスってどういう感じのものなんだろう」と想像する水面は、夢の中のセックスに（想像力の限界だな）と可笑しくなる。初潮、男の子からプレゼントにもらったレターセット、電車の中の痴漢、男の子とのデート。身体の変化に合わせて、水面の周りにある性も変わっていく。

みずみずしい日々の中、「死」という言葉が時折浮かび上がる。社宅で行方不明になった女の子の死の噂（うわさ）。高校の同級生の女の子の死と泣き崩れる同級生。水面自身にも死は甘く忍び寄る。「ときどき水面は死にたくなった」。ラストシーンで汀に「田中さんは死にたくなったりする」と聞かれ、水面は首を横にふる。田中さんは、と聞き返すと、「前はたまに。今はもう」と汀は答える。二人の少女の性、それぞれの生きづらさとぼんやりとした死の誘惑、そしてそこから先へと進もうとしていくまでの時の流れは、苦さと甘苦しさを兼ね備えている。

二編目の「terra」は、死から始まる物語だ。「葬式って、どうすればいいのかな」。沢田という大学生の男の子は、麻美にそう尋ねる。沢田のアパートの隣の部屋の子が死んだのだ。事故死した加賀美には身よりがない。沢田と麻美は加賀美の骨壺を持って、山形へと旅立つ。

物語の合間に、「わたし」と「あなた」の性的なシーンが、詩のように挟まれる。手首にくいこむ紐の感触。「甘い思いはほとんどない。ただあなたの体とわたしの体をふれあわせたい」。このシーンでの「わたし」は、身体に支配されているみたいだ。「こんなにもからっぽなのは、わたしが体に追いつけないからなのか」。何かを求め続けるように、セックスをする、紐をしばる、自分の身体に刃物で傷をつける。物語のラスト近くで、「わたし」は言う。

「いつも叫んでいるような体だった」。その叫びに引きずられるように繰り返すセックスは、ひんやりとした感触と熱さが絡み合い、そして皮膚と皮膚がこすれあうほど甘く死の匂いが立ちのぼってくる。そして対照的に、実際に起きてしまったあっけない「死」が現実味を帯びていく。

三編目の「aer」の中には前の二編からは想像もできない「性」が存在している。ユーモラスな言葉で綴られる出産の物語だ。「terra」の中であれほど切実な行為だったセックスは、ここにはない。

「しろもの」を生んだ私の、目まぐるしい身体の変化と心の変化。身体がコドモを作ることを欲し、恋愛するようにしむけられ、狂ったように男を好きになり、セックスして、コドモができると男のことをあまり考えなくなっている。そんな自分の変化を、主人公は「どうぶつじゃん！」と言う。主人公がいうとおり、ここにはセンチメンタルな母性愛も母というものに対する幻想も、どこにもない。突き抜けて健全な動物としての人間の、妊娠から子供が生まれるまでの身体と精神が、とても冷静に、ユーモラスに、この短編に凝縮されている。「（殺してしまったらどうしよう）」、「アオを捨てたいと思っている」。どきりとしてしまうような言葉も、この小説の中では不思議と健全に感じられる。妊娠と出産によるごく平凡な心の変化、身体の変化。その普遍的な出来事の、ごく健全な一部分だと肯定して思えるのだ。

この小説が存在していることが、世界を柔らかくしている。性を普通にしている。出産による心と身体の揺らぎ、そこから広がる世界全てを、面白がりながら肯定することができる。そういう力のある短編だ。「可憐な犬をなでる、とか。空がとっても青くてきれい、とか。そのようなこととセックスとはすべて同じほどの嬉しいこととなってしまった」。セックスが平凡になったという、この一文があるこの一編が、私にとってとても特別なものになった。

「ignis」の最後には「参考『伊勢物語』」と明記されている。三十年以上同棲している青木と主人公は、茶畑の中をひとすじに通る道を歩きながら、これまでのことを回想する。時の流れが何度も逆流しているような錯覚を覚えるこの物語を読むと、二人が歩んできたこの三十年間の外側の、もっと大きな流れの存在を感じることができる。

この中で、性は人生の様々な出来事の一部だ。ギターの流しの部屋へとついて行った「私」は、「そそくさとおこなった」。鶏のさわぐ声が静まってから伸ばされてくる青木の手。「答えているうちに、わたしも激しくなっていった」。高校時代の先輩との性行為は、「ただの好奇心だと思っていたのに、してみると先輩から離れるのがこころぼそくなった」。極限まで淡泊な言葉で綴られる性は、たとえそのとき非日常だったことでも、長い人生のピースの一つでしかなくなっている。

やがて青木という固有名詞を使わない、「男」と「女」のいろいろな出来事が語られ始める。「その男は青木ではなく、その女はわたしではない。その男は青木であり、その女はわたしである」。ごく個人的で普遍的な出来事を、男と女は繰り返している。

長い長い時の流れのなかで、男と女の物語は永遠に続いていく。

最後の一編は「mundus」と名付けられている。「それ」と共に過ごす「子供」の一生が綴られている。「子供」の物語の合間に、「子供の祖父」「子供の父親」「子供の母親」と、主人公の家族のエピソードがさしこまれる。そのことで、子供の一生だけではないもっと大きな流れと世界を感じることができる。

「それ」の背は伸び縮みする。形の定まらない、柔らかそうなもの。羽根が生えている。「それは、子供にとって、なめらかで、熱くて、甘苦しくて、決して知らないふりのできないものだった」。部屋の中で寝そべったり、子供と不思議なものをたべたり、すっかり子供とその家族の日々にとけこんでいる「それ」について、祖父は「家の中にそれがいるから自分はこんなふうなのだ」と言う。

甘苦しさは、子供だけのものではない。「それ」は兄と重なりあい、やがて子供も「それ」と溶けあうようになる。「あっと思う間もなく、子供はそれとまじりあっていた」。おしっこをもらしたような心もちになり、生あたたかいものが身体の芯から広がる。

この短編で描かれている性は、言語化できないはずのものを読んでいるような、魔法を見ている気持ちにさせられる。この得体のしれない「それ」に対して、物珍しさではなく懐かしさを感じる。きっと私の人生の中にも「それ」はずっといて、そして今、これらの言葉によって私の目にも見えるようになったのだと感じる。

五つの物語を読んだあと、読者の中の「性」はどうなっているだろうか。人生の一部としての「性」、思春期の鮮やかな「性」、普通な行為としての「性」、全てがこの一冊に閉じ込められているということが、とても優しい奇跡のように感じられる。

まるで「それ」みたいに伸び縮みする不思議な「性」という存在と共に、私たちは生きていた。そしてこれからも、無数の私たちが生きていく。そう思わせる一冊だった。

（二〇一三年夏号「小説トリッパー」）

『僕が本当に若かった頃』大江健三郎（講談社文芸文庫）

その大切な崩壊

読書をする、ということについて考えることがある。単に物語を楽しむ、ということで終わらないということ。いったい文字が脳にどういう風に触れているのかわからないけれど、自分という存在の、核心が揺さぶられるということ。物語と距離をとれず、読むことが、私の精神にとって重要な体験になってしまうということ。『僕が本当に若かった頃』は私にとってそういう本の中の一冊だ。

手に取ったのは、題名に惹かれたからだった。表題作を読み始めて、その題名が「僕」が若いころに書きかけた小説のものであることを知る。

この本には九編の短編小説が収められている。表題作である「僕が本当に若かった頃」は、作家である「僕」が、二十歳だったころに家庭教師をした繁君の消息を知るところから始まる。家庭教師をしていた「僕」は、十六歳の繁君からある小説を合作しようと持ちかけられる。その小説を書くために叔父と共に北海道へ行った繁君は、ある重大な事故を体験する。そして時は現在へと戻り、物語の最後に現在の繁君からの手紙が置かれる。それ自身が小説であるかのように、その手紙はそこに存在する。繁君の手紙を読んだとき、私は自分の中の何かが壊れたような感じがした。それは自分の中の「罪」というものの意味だったかもしれない。「僕」という言葉の存在だったかもしれない。自分を人間にしている部品の一つだったかもしれない。とにかく、何かが、壊れた。そのことだけがわかった。

それが壊れたということが、私の精神の一部になった。こういうことが起きるから、私は小説というものがどこかで怖い。怖いのに、とてつもなく惹かれている。何かが壊れるということは、自分が別の形になるということだ。それは無意識のある部分が覚醒するということにも似ている。精神が今までと少しだけ違う形になる。そのことはとても怖いのだけれど、小説を読むとき、どこかでそのことを期待している。

だから、私はこの小説に出会えて嬉しかった。畏怖と喜びが同居した読書体験を、私はこの短編からもらった。

（「大江健三郎（ほぼ）全小説解題」二〇一三年九月「早稲田文学」6号）

『ささみみささめ』長野まゆみ（筑摩書房）

佇まいが美しい二十五の「世界」

　言葉の上を歩いている。清潔さと柔らかさが同居するような流麗な言葉の上を心地よく進んでいくと、いつのまにかとんでもない場所へと自分が攫（さら）われてしまったことに気が付く。そんな快感に、現実世界の魂ごと捕らわれてしまいそうになる短編集だ。

　この一冊の本の中には、二十五編の短編小説がおさめられている。一つ一つはとても短い作品であるのに、ここにはたしかに二十五個の「世界」がある。人間ではなく、その二十五個の世界そのものが主人公だといってもいい。世界は反転したり、非日常へと転げ落ちたり、突如、すこん、と果てしなく広がって行ったりする。世界があっという間に、またはいつのまにか夢のように変化する、その独特の感覚に中毒になる。

　小説たちは、一筋縄ではいかないものばかりだ。物語の舞台は多種多様だ。祖父の葬儀。久しぶりに会った先輩との立ち話。老婦人が集まった女子会。遠足の朝。美術予備校の講師の回想。長い行列。二十五編の物語のほとんどは、それほど不可解な場所から始まるわけではない。けれど短い物語の中で物語の色彩が一瞬で変化する快感にとりつかれた読者は、読み終えたころにどこへ自分が攫われてしまうのだろう、とぞくりとした期待をもって読み進めてしまう。その期待はいつも裏切られず、それどころか、全ての物語の着地点で、心地よい響きに翻弄される。

たとえば、「名刺をください」では、企業が開催している試食会へ行った男性が、「よかったら、名刺をください」と女に声をかけられる。目にとまった名前の収集を趣味にしているという彼女の話から、思いがけない世界へと、物語は転げ落ちていく。「ありそうで、なさそうな」では、老婦人が集まった女子会のスピーチで、「もう、うんざりだ」では弟が勝手に部屋を貸してしまった男性の災難かと思いきや、不意に世界は反転する。

登場人物も様々だ。セレブ向けマンションのフロントスタッフの女性、営業マンの男性、遅刻して学校へ到着した女子学生、亡くなった双子の姉を思い出す男性。中でも、この本に登場する老人たちの魅力は際立っている。

私が一番大好きな「きみは、もう若くない」の祐人の祖父は、祐人の小学校の卒業式のあと、「ハゲ頭がならんだだけ」と感想を漏らす。白昼夢のような出来事の中、祐人が祖父から伝えられた言葉には痺れる。「あなたにあげる」で遺品整理に立ち会う吉村が回想する老婦人の、質素だが粋な姿には魅了されてしまう。「行ってらっしゃい」の独白で娘に告げる言葉の数々には、こちらまで胸がすかっとしてしまう。「ヒントはもう云ったわ」なんて、題名の時点で最高に格好良くきまっている。

お年寄り、ことに老婦人が生き生きとしている姿は、見ていて小気味よいし、その茶目っ気のある姿に憧れてしまう。この魅力的な人々が構築している世界が、読み終えたときに浮かび上がってくる。

それぞれは独立した物語だが、この二十五の物語は、どこか深い場所で繋がっている。全てを読み終えたときに見えてくる「世界」の佇まいの美しさには感服するしかない。ここにある世界は奇妙で、温かくて、ぞっとするようで、それでいてどうしようもなく愛おしい。その奇妙な魅力にとりつかれてしまったときには、読者自身の世界も、脱皮する生き物のように様変わりしてしまっているかもしれない。そんな魔力をもった一冊なのである。

（二〇一三年十二月十三日「週刊読書人」）

『賢者の愛』山田詠美（中公文庫）

憎しみという快楽

　学生のころ、初めて谷崎の『痴人の愛』を読んだとき、あらすじを読んで想像していたのと少し違った印象だったのを覚えている。読む前はきっと恐ろしい妖女なのだろうと思っていた「ナオミ」は、性に奔放で我儘ではあるがそこまで理解不能な存在には思えず、むしろ彼女を崇め、屈服する男から溢れる快楽の匂いのほうが強烈に印象に残った。十代だった私は、性愛というものの奥深さについてまだそこまでしっかりと考えたことがなくて、突然、官能の匂いがする不可解な塊を、胸の中に静かに置かれたような、空恐ろしい気持ちになったのを鮮烈に記憶している。

『賢者の愛』は、その『痴人の愛』の最後の一行、「ナオミは今年二十三で私は三十六になります。」を思い出させるような冒頭から始まる。

「今日、直巳は二十三になりました。そして、真由子は、じきに四十五歳の誕生日を迎えます。」

　高中真由子は、かつて親友だった百合の息子、直巳を、「母親とは違うやり方で、面倒を見て、世話を焼いて来た」。先生と教え子に限りなく似ているし共犯者のようでもあるというその関係は、「男の幼虫だった彼」が成体になるまで、彼女の方法で育て、デザインしていくということから始まる。その動機が健全な快楽ではないことは、「愛を復讐に使うこと」という言葉からも明らかだ。こんな一行にもそれは表れている。「心の中で保ち続けて来た百合への憎しみは、常に鮮度もそのままで、真由子を勃起させ続けて来ましたから。」

百合に対する憎しみを「勃起」させた真由子は、「言葉」という「彼女だけの、そして、彼の中にしか挿入出来ない性器を使って」直巳を犯し続ける。直巳は真由子によって、彼女のデザインした通りに育てられていく。二十二歳も年上の真由子に焦がれ、「たぶらかされることに関しては、おれ、権威。だって、もの心ついてから、マユちゃんに、ずーっとたぶらかされて来たもん」と肩を落として見せる。

過去と現在が複雑に絡み合いながら物語は進み、少しずつ真実が明らかになっていく。直巳の父親が、真由子が幼い頃から好きだった澤村諒一であること。真由子の父親は優秀な編集者で、屋敷の離れに小説家志望の諒一を住まわせていたこと。真由子は「リョウ兄さま」と彼を慕っていたこと。そしてある日、近くに二歳年下の百合が引っ越してきて、真由子と百合は「親友」になったこと……。

私は最初読んだとき、真由子を動かしているのが快楽ではなく百合に対する憎しみ、彼女に埋め込まれている「黒い塊」であることが、とても不思議なことに思えた。『学問』の主人公、仁美は「欲望の愛弟子」だが、この『賢者の愛』の真由子は憎しみに従っている。それなのに、醜さよりも、彼女が感じている快楽のほうが生々しく読者に流れ込んでくる。真由子が百合をそこまで憎んでいる理由が判明してからも、憎しみから発せられているはずの言葉たちが刺激するのは私の体内の快楽の部分なのだ。

それは今まで体験したことのない感覚だった。身体の中の未知の器官を覚醒させられ、それが蠢きだすような恐ろしさがあった。初潮が始まり、子宮が疼きだした思春期のころのように、肉体の中の一つの器官が快楽に刺激されて呼吸し始めてしまうのだ。

これは真由子と直巳の物語なのかもしれないが、同時に真由子と百合の物語でもある。真由子が直巳に吐きだす言葉が性器なら、百合が真由子に吐きだす言葉の不気味さを何と呼べばいいのだろう。流麗な文章の中で、百合の吐きだした言葉だけが異質な物体になって、本の中に溶けていかずにいつまでも網膜に焼き付く。「ちょうだいお化け」になった百合の「ちょうだいちょうだいちょうだい！」という台詞。取り囲まれていた真由子の元へ現れ、ボスの子のこめかみにアイスピックを当てて言った「死なす」という言葉。その不気味さは、普通の言語ではなく、化け物の吐きだした未知の物体に見える。

真由子の父が死んだとき、泣きながら互いの身体にもたれ掛かり、「唯一、真由子と百合の間に真の友情がはさまれた瞬間」を味わっていた魂は、やがて復讐を志し、さらに甘美なものを啜り出す。真由子の幸せの排泄物を食べる百合に、百合への憎しみを勃起させる真由子。冒頭で、谷崎の『痴人の愛』に対して「二人でひとつの痴人という生き物」という文章があるが、この二人も、二人で一つの生き物になっているように見えてくる。それが賢者なのか、痴人なのか、モンスターなのか。この物語の中のモンスターは誰なのか。

その答えは読み返すたびに異なる。百合がモンスターに思えるときもあれば、「一途っていう、病気」にかかってしまった直巳こそモンスターに思えるときもある。時を経て、同じ本が違う印象を持つことはあるが、この物語は一日に何度読んでも、違う物語になって読者の中に浮かび上がってくるのだ。この物語そのものが、美しい「言葉」でできたモンスターであるかのように。

真由子も真由子の父も優秀な編集者だが、『ぼくは勉強ができない』の時田秀美も、真由子の後輩編集者として登場する。その時田が、最後に小説家である諒一から受け取った言葉が感慨深い。

「小説家は、痴人と賢者のために存在する書記。それでいいんじゃないか？」

痴人と賢者の物語を書記として書き留めていくには、「言葉」の力が必要不可欠だ。この物語にはそれが宿っている。だから、この物語は、賢者の物語であると同時に、痴人の物語にもなりうるのだ。肉体の中に黒い塊という新しい器官を目覚めさせてしまう物語。その器官が体内でずるずると快楽を啜っているのを見ながら、「物語」の持つ妖力の恐ろしさにひれ伏すしかないのだ。

（二〇一五年二月号「文學界」）

『七夜物語（上中下）』川上弘美（朝日文庫）

異世界の記憶

小さい頃、よく見る夢があった。自分の部屋のクローゼットの中や隣に、見たことのない階段を見つける夢だ。驚いて、少しの怖さを感じながらも好奇心を抑えられず、その階段を下りようとしたところでいつも目が覚めた。

夢から覚めると、私はいつも両親と寝ていた和室から自分の勉強部屋に駆け込んで、階段があるかどうか確認した。クローゼットの中も、隣も丹念に探したが、いつも階段は見つからなかった。けれど、私は、階段がない世界が「本物」だとは思えなかった。むしろ、あるはずの階段を隠してけろっとしている今いる世界のほうが、不思議な世界なのではないかと思っていた。

そんな夢を頻繁に見たのは、私が熱心に読んでいた童話達のせいだったかもしれない。主人公が、ふとしたことから不思議な世界へ行ってしまう物語が、私はとても好きだった。そういう物語が好きな理由の一番は、「異世界へ行くなんて、とっても素敵で、羨ましいから」で、二番目は、「どこか自分と似ているから」だった。

羨ましいのに似ているというのは矛盾しているみたいだが、本当だった。本が好きな人間は、たとえ主人公たちが図書館で出会う『七夜物語』のような不思議な本ではなくても、ふっと、その中に入ってしまうことがある。熱心に文字を追っているうちに、いつの間にか本の中に肉体があって、主人公と一緒に胸の痛みや身体の熱さを感じるようになる。それでも本にかじりついていると、すうっと、本の中の肉体に心が吸い込まれてしまう。図書館で本を閉じて家に帰り、お母さんのご飯を食べても、今までいた物語の中を身体と心が浮遊している感覚がおさまらない。ふとした瞬間に、吸い込まれた心と身体が物語の先の世界へと進みだして、いつまでも止まらなくなってしまう。

異世界で冒険する男の子や女の子は、いつも日常から不意に非日常の世界へと攫われてしまう。その場面は、どこか、そうした自分の体験を思い起こさせたのだ。もちろん、彼らの本物の「冒険」と本の中を泳いできただけの私とでは冒険の大きさは比べものにならないが、私はどうしても彼らの「攫われる」姿に深く共鳴してしまい、貪(むさぼ)るようにそうしたストーリーを読み漁った。そして、そんな自分を不思議に思っていた。

『七夜物語』はまさに、「不思議な世界」に主人公が入り込んでしまう物語だ。さよがある日出会った『七夜物語』という本をきっかけに、さよと、クラスメイトの仄田くんは、夜の世界に迷い込んでしまう。

けれど、この物語は、私が今まで読んできた「異世界での冒険」の物語と、どこか違う。そういう物語を読んで、「自分と、どこか似ている」と感じていた不思議な感覚の答えを、そっと教えてもらうことができたように思うのだ。

この物語は、自分のいろんな部分を「知ってくれている」ような気がする。誰にも話したことがない、大切な自分の体験だけでなく、記憶していないような、魂の奥底の秘密の体験まで。さまざまな、大切な秘密の記憶が、一つの物語というかたちに紡がれて、美しくそこに佇んでいるような気持ちになるのだ。

私が特に震えたのは、さよがこの世界に帰ってきて、「前の世界と、どこか違う」と思うシーンだ。この光景を知っている、と私は茫然とした。

それは本の中から「帰った」ときの記憶なのかもしれない。本の中に入ってしまった子供には、必ず「帰る」瞬間が訪れる。お母さんの作ったご飯の湯気、家の廊下を軋ませる家族の足音、窓の外の車や自転車の音、隣の家から漂うスープの匂い。帰ってきた私にとって、全てが、懐かしいのに、不思議なもの達だった。目や耳に飛び込んでくる、世界の全ての欠片が、愛おしくてたまらなかった。本の中で新しい「かたち」になった自分が改めてこの世の全てと出会い直すような、不思議な感動に揺さぶられながら、私はいつも「こちらの世界」への扉を開いていた。世界で一番奇妙な世界はここなのではないかと思いながら、どこか前とは違う世界を進んでいく。あの感覚は、人々の心の中だけで起こる秘密の奇跡で、皆の心の中にそっと仕舞われていて、誰とも共有することなどできないと思っていた。

けれど、その瞬間の、あの魂の感触を、私はこの『七夜物語』の中でさよと一緒に体験することができた。奇跡は録画したり保存したりできるものだとは思っていなかったが、この物語には、確かに、その瞬間が焼き付いているように思えた。

しかし、本当にそれだけだろうか。私は覚えていないだけで、本当は「夜の世界」を知っているのではないだろうか。そうでなければ、どうしてこの物語にこんなにも揺さぶられるのだろう。

『七夜物語』では、「夜の世界」で冒険した経験を魂の奥底に潜ませているのは、さよと仄田くんだけではない。「くちぶえ部」の南生(なみお)や麦子や、さよのお父さんにお母さん。身体の中に「夜の世界」の記憶を持っている素敵な大人たち。

私達はどうだろうか。この懐かしい「夜の世界」と私達は、本当に初めて出会うのだろうか。グリクレルのことを、「覚えていない」人などいるのだろうか。ちびエンピッやナハトと「友達じゃない」人などいないのではないだろうか。

私達がこうしている間にも、どこかの夜の世界で、誰かが冒険をしている。それとも、忘れてしまっているだけで、つい昨日、自分達が誰かと一緒に、夜の世界で冒険していたのかもしれない。あるいは、明日の朝、ふっと気が付いたら目の前にグリクレルがいて、「何をぐずぐずしているんだい」とエプロンを渡してくるかもしれない。

いろいろな不思議な世界へ行く物語を読んだことがあるけれど、ここに描かれている夜の世界ほど、すとん、と心と身体が納得したことはない。その不思議な世界は、確かにそういう仕組みで、何かの拍子に自分のそばに現れるものだった、ということを、思い出すのだ。記憶がないのに、私達は思い出してしまうのだ。

この素敵な本を読むときは、とても大切に、そして用心深くしたほうがいい。この物語の中を心と身体が潜り抜けたとき、私達は「別のかたち」になっているだろうから。そして、この本の中から帰ってきたときには、世界は「違うかたち」になっているかもしれない。「ほんものは、一つじゃないかもしれない」ことを、小学四年生のさよだって、ちゃんと知っているのだから。

この物語の中を通り抜けたあと、私達はいろいろなことを思い出し、いろいろなことを知ることになる。そして何より、私達の魂が「不思議なかたち」になったまま生きていくことを許される。「いいところも、へんなところも、まじりあってでこぼこで。そういうものが、すてきなんだよ」と、囁いてくれている。だから私達は安心して、自分の魂を物語にゆっくりとぐらせて、新しい「かたち」の自分になることができるのだ。

人間の魂を柔らかく素敵なかたちに作り変えてしまう。そんな奇跡を優しく、こっそりと起こしてくれる物語。この世界の全ての「物語」が持っている秘密の力を、『七夜物語』は解放してしまうかもしれない。この本は、「物語」というものが持っている得体のしれない力こそ、一番不思議な魔法であることを、改めて思い出させてくれる、魔力のある一冊なのだ。この物語を抱きしめて、私達はきっと、また新しい「夜の世界」へと紛れ込んでいくことができるだろう。大人の魂もそんな「かたち」にしてしまう魔法を、私たちはこの物語から受け取ってしまったのだから。

（二〇一五年五月・朝日文庫「解説」）

『琥珀のまたたき』小川洋子（講談社文庫）

奇跡に守られて生きている人がいる。

そう言葉にしてしまうと、それはとても限られた人だけの体験であるように感じられてしまうが、人生の中できっと、ひっそりと、誰にでもそういう時期があるのではないか、と私は思っている。

自分自身の魂が起こしている奇跡の中で暮らす。それはそれほど珍しいことではないのではないだろうか。幼い頃、または老人になった未来、奇跡の中で生きる。この本を読んで、まず思ったのは、全ての人の皮膚の内側できっと起きているに違いない、そういう種類の奇跡のことだった。例えば体調を崩して部屋を出ることができず、脳に新しい刺激が与えられないまま長い時間を過ごしたとき。何かが原因で心が極限まで追い詰められ、外の世界がすっと遠くなっていったとき。突如、身体の中で、生きるために魂が蠢いて起きる、あの誰にも説明したことがない静かな奇跡のことを思いだしていた。

奇跡の楽園

この物語は、ママがそれまで住んでいた家を引き払い、古い別荘へと、三人の子供を連れて引っ越してきたところから始まる。

すべては、妹が死んだことが原因だった。三つになったばかりの妹が死に、ママは三人の子供を「魔犬」から守るために、その別荘で子供たちを隠して暮らし始める。

ママは三人に告げる。

「魔犬に呪いをかけられたのです」

三人の子供は、今までの名前を捨てて、姉はオパール、真ん中の男の子は琥珀、下の弟は瑪瑙という新しい名前を手に入れる。

「壁の外には出られません」

ママの禁止事項を守り、大きな声を出さず、余計な物音をたてず、子供たちの閉ざされた世界での生活が始まる。彼らは母親の言いつけを守って、学校へ行かず、電話もテレビも新聞も知らずに成長していく。

これは閉じられた世界の物語かもしれないが、「閉じられた世界の『狭さ』」の物語ではない。むしろ、そこがどれほど「無限に広がっていく」場所であるか、三人の子供たちを通じて、読者は何度も思い知らされる。

この別荘の持ち主であった、子供たちの父親は、図鑑専門の出版社を経営していた人物で、書斎には図鑑が並んでいる。子供たちは、その図鑑をめくったり、不思議な遊びを沢山発明したりしながら、とても豊かな日々を送る。『オリンピックのすべてがわかる図鑑』を元にオリンピックごっこをしたり、図鑑で見たアイルランド共和国を庭に発見して泥まみれになったり、図鑑を二冊使って、いろいろな事情を説明する「事情ごっこ」をしたり。三人が吐きだした呼吸を互いに吸い込みながら過ごすような密接な空間の中で、彼らの魂は、予想がつかないような「遠く」まで、ささやきあい、もつれあいながら手を繋いで走っていく。

その光景が、私が体験してきた、きっと多くの人の記憶にもあるであろう、生きていくために魂が魂に起こすあの不思議な「奇跡」にとてもよく似ていて、私は恍惚とした気持ちになる。この別荘は彼らの魂によって彩られ、楽園になっていく。異常で不自由なはずの環境が、彼らの世界に、絶え間なく奇跡を起こしているように思える。

やがて、琥珀の左目に異変が起きる。左目はアメンボや糸くずのようなものを見るようになり、場所と光の加減によってさまざまに変化した。ママはいう。

「あの子が戻ってきたんです。魔犬に嚙まれて死んだ、可哀想なあの子が、ここに」

琥珀の左目は黒目と白目の境がぼやけ、いつの間にか琥珀の結晶のようになる。「外の世界がぼんやりするのと反比例して内側が密度を増し」、ますます琥珀は「見る」ことができるようになる。琥珀は、三人が名前を見つけた『こども理科図鑑』の中に、彼にしかできない方法で、妹の姿を蘇らせる。琥珀は、奇跡の中に住むだけでなく、その小さな手で奇跡を産みだすことすらできるようになるのだ。

そのシーンと出会った瞬間、私は、あっと声をあげそうになった。こんなやり方で、自分の皮膚の内側にしかない光景を、身体の外に運ぶことができるようになるなんて。何度繰り返して読んでも、彼の指先が起こすその美しい魔法に呆然としてしまう。

子供の頃、私は、自分にしか見えない「奇跡」の数々を、なんとかして形にして残そうとした。私が選んだのは「言葉」という方法で、ひどく熱心に言葉を探したが、上手に保存することはできなかった。

けれど、琥珀は『一瞬の展覧会』で、それを素晴らしい形でやってのけた。しかも自分のためではなく、彼の愛する母親と姉弟に、大切な妹を会わせるために。こんなに優しい芸術作品があるのだろうかと、私は、何度も繰り返してこのページをめくってしまう。「それは創造でもなければ表現でもない」と、後年彼と出会い、彼と彼の作品を愛する「私」は言う。「彼はただ左目に映る記憶を模写する人」なのだ。彼は家族を愛している。それだけがかれの動機なのだと思う。妹を知らない人々の前で『一瞬の展覧会』を行うたびに、彼の心は家族で寄り添った、夜の書斎のテーブルへと舞い戻っていくのだから。

物語の後半、楽園はすこしずつひびが入り、危険にさらされ、そのたびに子供たちは必死に、ママに隠れてその痕跡を葬る。ママを心配させず、動揺させないために、彼等は細心の注意を払っているのだ。けれど、崩壊の時は訪れる。閉じられた楽園は崩壊し、その楽園の中でしか生きられなかったママはいなくなる。楽園の中に、今も琥珀だけが一人、取り残されているように思える。

だからこそ、ラストシーンが胸に迫る。彼はその楽園を、保存することができるのだ。彼と、彼の愛する家族は、図鑑の中で歌い続ける。彼は、彼の起こす魔法の中で、いつでも家族と会うことができる。その一途さと真摯（しんし）さに揺さぶられる。そして、私にとっても、この物語は、私の内側の奇跡の記憶を揺さぶる、特別な魔法の物語になるのだ。

（二〇一五年十二月号「文學界」）

ヘンテコな「リアル」の記憶が、驚くほど鮮明に蘇ってくる

『コドモノセカイ』岸本佐知子編訳（河出書房新社）

子どものころ戦っていた敵のことを覚えていますか？　または、子どものころお医者さんになって昆虫を治療したことはありますか？　大切な友達だったブタの貯金箱と決別したことは？　たとえばこんな質問を投げかけたら、あなたは「何を言っているんだろう、この人は？」と不審者を見る目つきになるだろうか。それとも、「ついにあの敵と再び戦うときが来たか……」と、実家の押し入れの奥からとっておきの武器と、相手を倒すための暗号の書を取り出して、「戦い」に備えるだろうか。

この本を読み終えたら、きっと前述の質問を「変なこと」だと思ったりしなくなるだろう。だって「あのころ」、私たちはとびきりヘンテコで、いつも戦っていて、奇妙で不条理なことばかり起こる世界に立ち向かい、あんなにも必死に生き抜いていたではないか。私たちは戦士だった。静かにずっと蹲って耐えることもあれば、とても卑怯になって残酷な世界をやりすごそうとすることもあった。でも、あの世界を生きていくにはそれしかなかった。この本に集められた短編を読んでいると、そのヘンテ

コな「リアル」の記憶が、驚くほど鮮明に蘇ってくるのだ。

時には奇妙だったり、不思議だったりするこの物語は、いままでこっそりと隠していた私の記憶を覚醒させる。何故隠していたかというと、その戦いがどんなに壮絶で大変なものであったか、わかってくれる人なんて誰もいないと思っていたからだ。けれど、そんなことはなかった。私だけではなく、たくさんの戦士が、あの奇妙な世界で戦っていたのだ。そして命からがら、生き抜いて、「オトナ」になったのだ。

大人になってからも、私は「どうせ大人はわかってくれない」と思い込んで、記憶を仕舞い込んでいた。でもそれは違っていて、あのころの戦いの記憶は、大切に取り出して見せてもいいものだったのだ。それを教えてくれて、大切な記憶を解凍してくれたこの本と、今年出会うことができたことに、心から感謝している。

（「私がハマった、私に刺さったあの1本、この1冊。」二〇一六年二月号「madame FIGARO japon」）

私たちの密室

『七緒のために』島本理生（講談社文庫）

十代のころ、私には「助けたい友達」がいた。彼女は私に助けを求める手紙を何通も書き、私も長い手紙で返事をした。「さやかしかいない」と、その手紙には書かれていた。その少し乱れた筆跡や、シャープペンシルの少し滲んだ文字まで、大人になった今も、鮮明に思いだすことができる。

さやかしかいない。私がいなくなったら、この子はどうなってしまうのだろうと思った。そのことがとても怖かったが、彼女が「誰にも言えない」という相談を私の口から漏らせるはずもなく、ひたすら、彼女のために自分が何をできるのか、考える日々だった。彼女が気持ちを吐露するのは手紙の中だけで、教室ではいつも笑っていた。校舎には大勢の生徒たちがいて、学校の外にだっていくらでも世界が広がっていたのに、私たちはたった二人で密室の中にいた。ルーズリーフを何枚も重ねた手紙中の言葉の渦に閉じ込められ、私たちは言葉をぶつけ合った。私には手紙の中の彼女を言葉でひたすら抱きしめることしかできなかった。

やがて彼女の状況は落ち着いてきて、長い手紙の交換をすることもなくなり、私たちの密室はいつの間にか終わりを告げた。本当にそれでよかったのか、自分にはもっと伝えるべき言葉があったのではないか、と今でも思うことがある。必死に自分にできることを探し、彼女の心に寄り添おうと言葉を探しつづけ、それでもまったく解決策が見つからない、あの無力感は、今も強く私の中に記憶されている。

『七緒のために』は、おそらく思春期を通り過ぎた多くの女性の中に密閉されている、そうした「痛み」を、純度を極限まで高めて、美しい結晶にしたような物語だ。

中学二年生の雪子は、転校先の東京の学校で七緒と出会う。雪子は転校する前の女子校では孤立しており、家では両親に離婚の話が持ち上がっては消える、不安定な環境にあった。彼女は非常に聡明で、自分の両親が「もう傷つけることでしか好きだって確認できないんだ」ということに気が付いている。孤独を抱えている彼女は、七緒との距離が急速に近くなっていく。それは単純に友情が芽生えたというにはあまりに危うい距離感で、まるで遠い日に自分が感じたあの「密室」の中へ二人がするすると進んでしまっているような気持ちになる。

仲良くなるにつれ、雪子は七緒の言動に振り回されるようになる。雑誌の読者モデルをしている。小説家の大人の女性と文通してとても親しくしている。男性に声をかけられ、キスをした。自分の存在価値を必死に誇張するようなエピソードの数々を、七緒は紡ぎ続ける。嘘つきとクラスメイトから笑われている彼女に、雪子は言う。

「私、初めて人に本当のことを話したから。七緒も今この瞬間から、ぜんぶ本当のことだけ喋るって約束して」

「それなら、ずっと信じる。七緒のこと」

まるで恋の告白のようにも聞こえる言葉だ。けれど、二人の関係は恋愛ではない。それなのに、いや、だからこそ、二人の関係はどんどんもつれていき、二人が閉じ込められている密室の中で濃密な空気は膨張し続け、やがて彼女たちの世界は破裂してしまう。

十四歳と十四歳、危うい年齢の二人が、「友情」の中に探しているもの。雪子と七緒の関係に記憶が呼び起こされ、自分が彼女たちの年齢の頃、制服を着て座っていた教室の空気を、鮮明に思い出す。あの頃、お喋りや笑い声でざわめいていた教室には、「たすけて」という言葉がひしめきあっていた。誰かを助ける余裕なんて誰にもなくて、それぞれが、自分たちにしかわからない言語で悲鳴をあげていた。誰かを救おうと伸ばした手が、そのまま相手に縋(すが)りついてその首を絞めてしまいそうな、そんな危うさの中で、私たちは生き延びるのに精いっぱいだった。

思春期の私たちのまわりには、沢山の大人たちがいたはずだ。けれどあの時の私たちには、大人ではだめだった。私たちにしかわからない言語で助けを求めていた。七緒が、または雪子がそうであるように。

カウンセラーの来栖先生は雪子に言う。「只野さんは、観察力に優れてるから、その分、大変なこともあるでしょう」。雪子は七緒を理解しようと努め、救おうと懸命に向き合うが、さんざん彼女に振り回されてしまう。雪子は言う。

「私も、もう限界だよ」

彼女は「私はもう七緒に疲れ切っていた」という状況にまで陥ってしまう。来栖先生に、「七緒は、どうしたら助かるんですか」と訊ねる彼女の姿に、「助かる」とは何だろう、と、まるであの日の自分に戻ってしまったかのように呆然とする。思春期の中、限界の向こう側で足掻いてる少女たちにとって、「助かる」とは何を意味するのだろう。そして、あの頃、自分が冒頭の友人を助けたかっただけではなく、助かりたかったことまで思い出してしまう。教室に満ちていた「たすけて」という悲鳴は、自分の内側からも、確かに発されていたのだ。

聡明さと多感さを併せ持つ雪子の眼差しは、こちらの心まで抉ってくるようで、物語が進むにつれて、自分の思春期まで解剖されてしまうようだ。雪子が、そして彼女が見つめる七緒の姿が、思春期の記憶を鮮明に覚醒させる。「たすけて」とSOSを私にだけ発信していた友達に何もできなかった痛みと、そしてあのとき飲み込んだ「たすけて」という自分の言葉の重みまで、身体に蘇る。雪子と七緒の力を借りて、時を経て私はやっと傷口から血を流すことができる。思春期のころからずっと、身体の内側に隠していた傷口を、もう一度発見し、その痛みと向き合うこと。この物語は、圧倒的な「救い」の物語なのだ。

併録されている「水の花火」も、また、「痛み」を感じさせてくれる物語だ。主人公がもう喪失してしまった友人、珠紀と、彼女が好きだった男の子、草野くん。珠紀を通して彼を見ていた主人公と草野くんとの猫を通した関係と、「もういない」のに誰よりも強く存在している珠紀。珠紀を喪失した主人公は、その痛みを内包したまま、彼女のいない未来を生きている。繊細で美しい言葉で綴られる物語のラスト近く、「始めよう」という言葉が強く印象に残る。

大切なものを失っても、また私たちは始まっていく。

単行本の作者のあとがきには、こんな言葉がある。

「これまで、女の子同士の濃密な友情を書くことは、ほとんどありませんでした。それは私にとって、希望よりも、たくさんの救えなかったものを思い起こさせるテーマでした。」
たくさんの救えなかったもの。冒頭で述べた友達以外にも、私には「救いたかった」友達が何人もいた。記憶と共に封じ込めたひりひりとした無力感と、彼女たちにうまく伝えることができなかった言葉たち。それをこれほど大切に掬い上げてくれる物語に、私は初めて出会った。

いろいろなものを失いながら、それでも私たちは思春期を生き延びた。試行錯誤しながら、それでもなんとか身を守り、未来まで、必死に自分を運んだ。その未来を、今、自分が生きているのだということ、それがどれほど尊いのかということを、この物語は気付かせてくれる。この物語が解凍してくれた「痛み」の記憶は、忌むべきものではない。思春期の私がきちんと血を流すことができなかった、大切な痛みの数々。その痛みを宝物にしてくれるこの物語に、私はこれから先も、一生救われ続けるのだろうと思う。

（二〇一六年四月・講談社文庫「解説」）

正義と快楽を問う

『ヒーロー!』白岩玄（河出文庫）

正義と快楽について、考えることがある。小さい頃、テレビや漫画の中で戦うヒーローたちは皆を夢中にさせる格好良さで「悪」をやっつけた。「敵」が倒れたとき、子供たちは皆、スカッとした快感に包まれた。物心がついて「正義」というものと出会った時には、もう既に正義とは絶対正しいものであり、しかも気持ちが良いものだったのだ。

『ヒーロー!』は、あの単純で気持ちが良かった「正義」とは何だったのか、もう一度問いかけ直すような物語だ。演劇部で演出をやっている女子高生、佐古は、隣のクラスの英雄から不思議な計画を持ちかけられる。その計画の目的は「いじめをなくすこと」だ。休み時間ごとに、マスクを被った英雄がショーを披露し、皆の意識を集中させる。それを続ければ負の関心が特定の誰かに行くのを防ぐことができて、いじめはなくなる。画期的な解決策だという英雄を「相当な理想論」と冷めた目で見つつ、自分の演出の手腕を試すことに興味を示した佐古はその計画に乗ってみることにする。

初日のショーは大成功をおさめ、佐古は強烈な快感を得る。
ショーは校長先生まで巻き込んで学校公認で続けられることになるが、そのことで、演劇部で演出家と脚本家としてコンビを組んでいる佐古と玲花との間には亀裂が入ってしまう。玲花は佐古に対抗するかのように、二人のショーを真似たパフォーマンスを演出し、「お互い一日おきにやって勝負しようよ」と言う。「何かがおかしいとわかっていても止められない」まま、佐古は玲花との勝負に熱中していく。英雄の友達の公平君は言う。「正しさは人から優しさや思いやりを奪うんだ」。

大衆を動かす作戦を考え続ける佐古の思考を追っていると、まるで彼女が学校に通う生徒たちを被験者にして、心理学の臨床実験を行っているかのようだ。そして、その佐古自身も、正義の名目で大衆を動かす権力を手にしたとき人間はどうなるかという臨床実験の被験者なのではないかと、ぞっとさせられる。転校生の星乃あかりをショーに巻き込むことを提案し、それはいじめになると却下された佐古は思う。「黙って私の言うことを聞いていればいいのに」。

正義とは何か、そしてその言葉を後ろ盾にして「力」を得たとき、人間はどうなるのか。佐古が危うくなりそうなとき、周りの人々の言葉が何度も彼女に「問い」を与える。英雄は佐古に言う。「自分の中の正しさを疑わないのは危険だよ」「それは本当の正義じゃない」。

佐古が陥ってしまいそうな危うい「正義」は、私たちの日常に無数に転がっていて、私たちはその快感のそばで暮らしている。本当の正義とは何か、この物語は常に問いかけ続けている。自分自身に、世界に、きちんと問いかけることをやめないこと。それだけが正義の持っている快楽に対抗する唯一の手段なのだということを、真摯に、真っ直ぐに教えてくれる物語だ。

（二〇一九年六月・河出文庫「解説」）

人間の未知の部分を言語化する物語

『大きな鳥にさらわれないよう』川上弘美（講談社文庫）

人間という生きもののことを、もっと知りたいと、ずっと思っていた。

けれどこの本を読んでいる間、私は少し恐ろしかった。こんなことまで知ってしまっていいのだろうか。今まで、私にとって「知る」ということは喜びでしかなかった。畏れるような気持ちになったのは初めてのことだった。自分の精神世界の、未知の部分が覚醒してしまっていく気がして、少しこわくて、それなのにとても幸福だった。「小説」というものはこんなことができるのかと驚きながら、止まることができずに一気に読んだ。

この物語は、物語にしかできない形で、「人間」という生きものの未知の部分、まだ私たちが踏み入れたことのない魂の領域の世界を見せてくれる。未来のはずなのに懐かしくて、自分の魂の、使ったことがない場所が震えるような気持ちになる。ずっと昔、自分たちはこうだったんじゃないかと思うこともある。この世界だからこそ発生する様々な感情が、どうしようもなく本物で、人間の魂にはこんな場所があったのかということを、どんどん知ってしまうのだ。

物語は、「形見」という章から始まる。工場で食料や子供たちを作りつづける人間たち。最初に、雑誌で短編としてこの作品を読んだとき、遠い未来の女たちなのに、彼女たちが歩いていく光景が、小さい頃、歴史の漫画の最初の章に出てきた、狩りをして暮らしている人間たちの姿と重なった。昔、歴史を学んだときは、自分よりずっと過去で暮らす彼等がどんな生殖をして、どんな言葉を交わして生きているのかまで、考えたこともなかった。未来の物語を読んでいるのに、なぜか、彼らの声が聞こえた気がした。人間という動物の過去と未来が自分の身体の中で一斉に覚醒したような気持ちになった。

その感覚が、一冊のさらに大きな物語になっていくことで、どんどん強まっていった。章ごとに語り手を変えながら、物語は進んでいく。そして、この物語の紡いでいる世界の全貌が、少しずつ明らかになっていく。どの章も、不思議な物語なのに、なぜだか、自分の細胞が納得していた。

いろいろな集落で暮らしている人間たち。まるで読者がこの世界を少しずつ歩き回って、集落を訪ねたり、すれ違った「見守り」から話を聞いたりしているようだ。

好きな章が多すぎて、全部説明できないのが歯がゆいくらいだが、特に好きなのは、愛というものについて、強く感じる物語かもしれない。「緑の庭」では女ばかりの集落に男がやってきて、リエンは子を何人も、いや、何匹もと表現したいような動物的な生殖を繰り返したあと、娘の元にやってきたクワンという男と出会う。「愛」では心の中を覗くことができるノアとカイラが夫婦になる。「なぜ僕は、こんなふうになってしまったんだろう」という言葉に答えた、母たちの「愛したからじゃないの？」という優しいけれど残酷でもある言葉が忘れられない。「みずうみ」では「15の8」と呼ばれている女の子が語り手だ。30の19とのみずうみのそばで交わすセックスは、動物的なのに神聖で、その無垢な美しさが印象に残る。自分が生きているのとはまったく違う仕組みの世界で、でも彼や彼女の感情にとても納得できてしまう。「みずうみ」と対になるような「漂泊」も、辛いけれど、とても心が惹かれる物語だ。「わたし」は、漂泊の旅をつづけながら、様々な人間の住んでいる集落や町を訪ねて回る。「まったく、人間というものは、なぜこんなに多様なのだろう」と驚きながら、「わたし」は旅を続ける。そして、ある集落を発見する。「自分と異なる存在を、あなたは受けいれられますか」という言葉が、この本を読み終えたあとも、私のなかにしんと残り続けている。

　人間という動物の、無数の可能性を、一つ一つ覗いているようでもある。それぞれの章に、それぞれの語り手だけの言葉があり、肉体感覚があり、感情がある。はっと驚くような世界の物語なのに、その感情や感覚をなぜか自分の肉体が理解してしまう。たまに思うことがある。もしまったく違う形の生殖を、自分たちがしていたらどうなっていただろう。「今」生きる世界ではその自分がどんな感情を持つのかを一生知ることができないが、生きものとしての私には、違う形の可能性が眠っている気がする。

「水仙」の中に印象的な一文がある。生物の気配について、「音でもなく、匂いでもなく、振動でもない、言葉にはいまだにきっとなっていない、そんな気配なのだった」という部分だ。自分という動物の、言葉にはいまだにきっとなっていない部分。魂の一部分なのか、動物としての器官なのか、とにかく自分は「今」の世界では使ったことのない場所を使って、この物語を感じているのではないかと、はっとした。そんなとてつもないことが起きているのに、とても気持ちがよくて、止まらなくて、夢中になって、この物語の中にずっといたいと思った。この物語を読むということは、私にとって、読書という領域を超えた、途方もない体験だった。

自分の細胞のなかに、無数の動物としての生き方の可能性が眠っていることをうっすらと感じたことがあっても、それが「言葉」になったことは今までなかった。この物語の「言葉」でなければ目覚めることは決してなかったその場所が、痺れて、疼いて、「言葉」の力で覚醒していく。

遠い未来の物語なのに、どうしようもなく記憶をかき乱されるような気持ちになる。自分という動物の未知の領域が、そのときどんな「言葉」を持つか、知ってしまったからかもしれない。読んだあと、自分の身体に新しい言葉が宿ってしまい、違う生きものの形に作り変えられたような気持ちすらする。これから何度も読んでこの物語の言葉を食べてしまいたい、と思ってしまうとてつもない魔力が宿った一冊だった。

（二〇一六年七月号「文學界」）

最高に奇妙な真実のそばで

『ファイナルガール』藤野可織（角川文庫）

私たちには、本当はもう一つの私たちの人生があるのではないか、とふと思うことがある。

例えば、小さいころ、夕ご飯の時間にテレビを点けたら映画をやっていたときのこと。激しいアクションシーンに母が顔をしかめて、

「チャンネルを変えましょうよ」

と言うけれど、兄が「これがいい！」と主張して、私たちはハンバーグを食べながら、意識の半分をテレビの中に置いたまま夕食を食べる。サラダのトマトを残した私に「好き嫌いはだめよ」と注意する母の隣で、絶叫が聞こえ、画面の中では主人公の友達が惨殺されており、兄が「すげえ！」と歓声をあげる。

そんなとき、私たちはどこにいるのだろうか。私たちは本当に「テレビを観ながらハンバーグを食べている」のだろうか。たとえ事実関係がそうでも、精神は違う体験

をしているのではないか。そのことを、私たちは「でも、事実は、ダイニングテーブルに座ってハンバーグを食べていたじゃないか。それ以上のことは何も起きてなんかいないんだ」と無理矢理に整理整頓してしまっているのではないだろうか。

この『ファイナルガール』という短編集は、あらすじだけ聞くととても奇妙な物語ばかりに思える。けれど一番奇妙なのは、これを読んだときの私自身の感覚なのだ。どの物語を読んでも、「ああ、そうだった」と自分の深い部分が納得している。不思議だけれど、知っている。とても変な世界なのに、的確な言葉で内面を突かれている。ある意味では、私たちが「事実」として並べたてているものより、「真実」に近い感覚を与えてくれる物語なのだ。

理屈ではなく、精神がこの感覚を知っている。この本を読みながら、私は何度もそういう感情に襲われた。

例をあげればきりがない。「大自然」の不思議な空間の中で主人公が思う、「あ、そ、きもちわる、」を、自分も心の中で呟いたことがあるような気がする。「去勢」のストーカーが鳴らすのとそっくりな音で自分の携帯電話が鳴るのを、なぜだか聞いたことがあるように思える。

「プファイフェンベルガー」の映画を観たことがない人なんているのだろうか。私より映画に詳しい友達がプファイフェンベルガーのことをよく馬鹿にしていたのを鮮明に思いだしてしまい腹が立つ。「プレゼント」に出てくるナツミのような女がすごく側にいた経験が、自分にもあるような気がしてならず、彼女と本の中で再会してしまった不気味さに震える。

「狼」が訪ねてくるかもしれない家で、私は子供のころ何度も留守番をしていたし、今でもたまにドアの向こうから狼の気配を感じることがある。「戦争」に出てくる「ハリー&レニーシリーズ」を自分も愛読していたことを思い出す。サイモンについてこんなに想ってくれる主人公に感情移入し、懐かしくて涙が出そうだ。「ファイナルガール」のリサが生き残ったシーンをニュースで何度も見たことがある気がするし、一方でリサのように殺人鬼と戦った記憶が、自分にもあるようにも感じられる。

この説明だけを読むと、「さっぱり意味がわからない」と思うかもしれない。けれど、小説を読めば、きっと、自分の精神がこれらを「体験」したことがあることを思い出せるのではないかと思う。

この本の中に収められている物語は、奇妙なものばかりなのに、どこにも嘘がない。真実なのだ。

「事実」という名目で整理整頓されて、人生から零れ落ちてしまっていた、精神が感じ取ってきた「本当の体験」を、私たちはこの本の中の物語によって再び思いだすことが出来る。それこそが、何より奇妙な奇跡のように感じられる。

思いもよらない方向から記憶にアクセスされて、最初は戸惑うが、次第に病みつきになる。もっと殺して欲しいし、もっと追いかけて欲しいし、もっと怖い場所へ連れて行かれたい。そして、加速しながら予想以上の場所へと連れて行ってくれる展開に、歓喜してしまう。

この物語の主人公たちは、とてもシンプルだ。狼を倒すために戦い、殺人鬼が襲って来れば戦って生き延びるし、サイモンの死が悲しければいつまでも泣いている。敵のような存在だって、特に理由はなくただ襲ってくる。それが心地よい。人間の記憶をとことん正直に解剖すると、こんな物語が発生するのではないか、と思わせる説得力がある。

それは、この物語に、きちんと細部があるせいもあるかもしれない。予想外の設定に仰天しても、加速していく物語に引き摺られても、ふとした場面にある細部の描写によって、細胞が物語を理解する。言葉に真実が宿っている。

この、とても正直で、それゆえに奇妙で、私たちが取りこぼしてきた記憶を揺さぶってくれる物語を、私はとても愛おしく思っている。解説でも、書評でもおそらく使ったことがない言葉のような気がするが、私はこの本が「大好き」だ。作家が小説を褒めるには少し恥ずかしいくらい正直な言葉だが、この物語に出てくる正直な主人公たちのようにシンプルに、自分も感情を言葉にしてみたいと思う。

普段は、「現実」や「事実」を重視している人々によって押しやられている、それでも私の精神が確実に体験してきた大切な感覚を呼び起こしてくれるこの本が、私は「大好き」だ。こんなに読者をシンプルにさせてくれる物語は、滅多にないのではないかと思う。

風変わりに見えて、とても信頼できるこの本を読み終えた人と、プファイフェンベルガーの映画についてたくさん話したいし、襲ってきた殺人鬼について話し合いたい。事実にまみれた私たちの精神を、すっきりと純粋に解き放ってくれるこの物語に、私はずっと感謝し続けていて、繰り返しページを捲(めく)っている。

（二〇一七年一月・角川文庫「解説」）

『嘘ばっか　新釈・世界おとぎ話』佐野洋子（講談社文庫）

お伽噺が好きだ。子供の頃、眠る前に、いつも頭の中でシンデレラや白雪姫のお話を自分流に改造して遊んでいた。

こんなことが大人にばれたら怒られると思った。お伽噺の後でその中にどんな教訓があるか教えようと、大人が真剣にお説教をするのをよく見かけた。一生懸命なので聞いてあげなくてはいけないと思うのだが、ついつい気がそれて、自分だけのお伽噺を創るのに熱中してしまう。大人って大変だなと感じていた。

だが佐野洋子さんの『嘘ばっか』を読んだとき、そんな気持ちは綺麗にすっ飛んでいった。

『嘘ばっか』はお伽噺のパロディだ。どれもこれも、私が子供の頃考えたお話よりずっとずっと、とんでもなかった。こんなヘンゼルとグレーテル、こんな赤ずきんちゃん、こんなシンデレラ……仰天しながらも、私はとっても気持ちが良かった。

この本は私のいろんな「思い込み」を破壊してくれた。シンデレラは絶対に優しい

「思い込み」を壊された

女の子だとか、こぶとり爺さんの妻は幸せだとか、そして大人は大変だとか、そんなことは、全部私の思い込みに過ぎなかったのだ。

『嘘ばっか』というタイトルだけれど、私の中の真実を、この本は揺さぶってくれた。自由のつもりだった子供時代の自分ががんじがらめだったことにも気が付いた。本当の大人は子供よりずっと自由なのだった。少し怖いけれど愛しいこの物語を、私はいつでも手の届く場所に置いている。

（「読書日記」二〇一七年三月二日「日本経済新聞」夕刊）

ヘンテコな真実の恋

『ユーレイと結婚したってナイショだよ』名木田恵子（ポプラ社）

子供のころは少女小説家になりたかったというと、今の作品とかけ離れていると笑われる。だが、少女小説には自分の小説の原点がある気がする。

小説を書き始めた小学四年生のころ、学校で熱狂的に読まれている本があった。『ユーレイと結婚したってナイショだよ』だ。小学五年生のふーこは、不思議な呪文を唱えてしまったことから、和夫くんという幽霊の男の子と「結婚」してしまう。続編では和夫くんはふーこの守護霊としていつも彼女を守ってくれるようになり、ふーこは一途に和夫くんを愛し続ける。

皆、涙を流して二人の恋を応援していた。私も二人の恋に猛烈に憧れ、こんな素敵な物語が書きたいと思った。

六年生になってワープロを手に入れた私は更に熱心に少女小説を書き、そのほとんどの主人公が恋をしていた。「恋」は私にとって、女の子の新しい部分を覚醒させてくれる、純粋な爆弾だった。私が書いた女の子が恋をしていたのはサンタクロースの男の子やタイムマシンに乗って未来からやってきた子など、すこし不思議な子が多かった。それは、幽霊を一途に愛し続けたふーこの「恋」のイメージが鮮烈にあったからだと思う。

学校には、幽霊と恋するなんて変だよ、という子は誰もいなかった。どんなに変な相手でも、その恋は必然だった。ヘンテコでも、ふーこの恋は真実だった。その真摯さに、私は打たれたのだと思う。奇妙な存在や不思議な出来事を、笑わずに、それらと本当に向かい合うこと。二人の恋に、私はそうしたことを学んだのかもしれない。

（「読書日記」二〇一七年三月九日「日本経済新聞」夕刊）

『書く人はここで躓く！』宮原昭夫（河出書房新社）

奇跡的な出会い

何冊も同じ本を買ってしまうことが、よくある。

絶版になって手に入らなくなってしまうのが怖いからだ。「この本の言葉を二度と読めなくなったら、私はどうなってしまうのだろう」という不安にかられてしまうのだ。

『書く人はここで躓く！』も、本棚の中に何冊も隠し持っている本だ。この本は、小説が書けなくなっていた大学生の私に再び書く喜びを与えてくれた。

当時、書店で小説を書く指南書のコーナーに行き、『小説家になってがっぽり儲けよう』といったタイトルを見ただけで眩暈と呼吸困難に襲われ、嘔吐してしまうことがよくあった。そういう本を否定したいわけではなく、これは中学時代のトラウマによるものなのだが、そんな私が奇跡的にこの本に出会えたことにとてつもなく感謝している。

これは「小説家になりたい人」ではなく「書く人」のための本だった。「小説家というのは職業というより人間の状態だという気がする」とある人が仰っているのを聞いたことがあるが、まさにその状態の人間のための言葉が並んでいた。

この本が絶版になったらと不安で、見かけるとすぐに買った。入手できず困ってい

る人を見ても黙っていた。本当に卑怯で嫌な人間だと反省していたので、「増補新版」として新しく出版されると聞いたときにはとてもほっとした。

失いたくない言葉に対して執着心が強い自分が意地汚くて恥ずかしいが、それほど大切な本と出会えている幸運のせいなのだと、なんとか自分を慰めている。

(「読書日記」二〇一七年三月十六日「日本経済新聞」夕刊)

子供時代の夢

『エドウィン・マルハウス』スティーヴン・ミルハウザー著、岸本佐知子訳（河出文庫）

子供の頃、クローゼットの中に階段がある夢を何度も見た。目が覚めると急いで現実のクローゼットを開くのだが、そこには畳まれた洋服が入っているだけだった。その秘密の階段を通ってどこに行こうとしていたかはわからない。でも、私はどこかで、その階段の存在を信じ続けていた。

『エドウィン・マルハウス』を読んだとき、久しぶりにその夢を思いだした。ジェフリー少年が紡ぐ、エドウィンの11年の生涯を辿ると、子供時代の記憶が身体の中でどんどん破裂するような気持ちになった。エドウィンが出会うつららの美しさ、言葉を使って真剣に遊ぶこと、残酷な初恋。この小説が見せてくれる数々の光景は、私のクローゼットの中に、再び秘密の階段を存在させてしまう力を持っていた。

この本を読んでから、私は自分の記憶を書き留めたいと思うようになった。引き出しの中の宝物や、ノートをホチキスで留めて小さな本を作り友達と交換したこと、校庭の水道に一つだけ、甘くて美味しい水が出るものがあるという噂があったこと。懐かしい想い出でしかなかったそれらを、頭の中の記憶ではなく「言葉」という形で保存したくなったのは、この小説のあまりの美しさに打ちのめされたからかもしれない。言葉はこんなにも緻密に、あの世界を再現できる。そのことが、本当は秘密の階段なんかよりずっと奇妙なことかもしれないと思いながら、小さなメモを、子供時代のようにこっそりと引き出しの中に溜め込んでいるのだ。

（「読書日記」二〇一七年三月二十三日「日本経済新聞」夕刊）

『最愛の子ども』松浦理英子（文春文庫）

「わたしたち」が進む世界

知った瞬間から汚れている言葉というものがある。その言葉が存在しない世界に暮らしていた子供時代、「これは○○というんだよ」と大人から手渡されたそのときから、彼等の思惑や既成概念にまみれていた言葉たちのことだ。私にとって「女」という言葉がそうだったし、「セックス」もそうだった。そして「家族」という単語も、そうした言葉の一つだった。

大人になるということはそうした言葉を自分の力で洗ったり、解体して造り直したりしながら、自分にとっての真実を取り戻していくことだと思っていた。それはとても難しい作業で、一生かかるのかもしれないと思う。中でも一番手こずっているのが、「家族」という言葉だった。

自分だけではなく誰かがその言葉を使っているときも、汚れている、と感じることがある。様々な幻想や欲望、既成概念を纏（まと）いすぎていて、その言葉の本質が見えないのだ。あまりに見えないと、その言葉は自分にとって透明になって人生から消えてしまう。本来は大切な言葉であるはずなのに、そのことをもどかしく、勿体なく思うことが何度もあった。

「家族」という言葉が難しいのは、肉体と直結した単語ではないからではないか、と考えることがあった。夫婦間にはセックスがあるが、ない場合もある。子供と親の関係を考えても、肉体以外の関係性のほうが鮮烈に浮かんできてしまう。だから、自分自身の肉体に問いかけてそこから糸口を見つけることができない。手ごわい言葉だと、ずっと思っていた。

しかし、それが浅はかで、間違っていたことに気付かされた。「家族」という関係性の中で肉体がどうなっていくか。この物語を読んで、自分の細胞が、歪んだ場所から正しい位置へと戻っていく感覚があった。

この物語の中心になる「家族」は、玉藻学園の高等部、二年四組のクラスメイトである三人の女子高生だ。舞原日夏を「パパ」、今里真汐を「ママ」、薬井空穂を「王子様」とした疑似家族は、彼女たち自身がそう名乗り始めたわけではない。語り手である彼女たちのクラスメイト、「わたしたち」が、三人を相手に妄想し、そう呼び始めたのだ。

「わたしたち」が、特定の「わたし」が自分と仲間を複数形で示しているわけではなく、本当に「わたしたち」なのだと気が付くのに、少し時間がかかった。物語には、はっきりとこう綴られている。

「わたしたちは小さな世界に閉じ込められて粘つく培養液で絡め合わされたまだ何ものでもない生きものの集合体を語るために『わたしたち』という主語を選んでいる。」

いったん理解すると、この「わたしたち」という主語がとてもこの物語にふさわしいと気が付く。「わたしたち」は「もちろんわたしたちは現場にいたわけではないので、これは虚実まじえた想像上の場面である」「その胸中をわたしたちはこれまでの想像を踏まえて新たに創作する」と、極めて自覚的に、「目撃」した光景を妄想で膨らませながら、「わたしたちのファミリー」を見守り続ける。

わざわざ触れるべきなのかどうかわからないが、この設定を見てやはりどうしても思いだすのは『裏ヴァージョン』の中で昌子が書いていた、「まだ本格的に構想を練ってはいない」物語のことだ。昌子が「パパとママと王子様」と呼ばれる三人の女子高生の物語について語り、「もし将来本当にこの作品が書かれたら、書評担当者は右記のあらすじをご利用ください」と書かれているのを読んで、「本当にこんな本があればなあ」などと呑気に考えていた自分が、本当にこの物語の書評を書くことになるとは、夢にも思っていなかった。

昌子の言葉を引用するのがいいことなのかはわからないが、彼女は『裏ヴァージョン』の中でこう綴っている。

「疑似家族を使った方が、現実の、同じ家屋内に縛りつけられている家族の間で起こったのだとすればあまりにも息苦しくおぞましい出来事を描いても、陰惨な印象がやわらげられて読みやすくなるのではないか」

昌子が語っている通り、疑似家族である「わたしたちのファミリー」には体罰や近親姦（に近いもの）が発生する。それなのに、なぜか読んでいて、出来事や綴られる言葉の純度の高さに打たれるような、そのことで、身体の中で捩じれていた細胞が、ゆっくりと元の場所へ戻っていくような、不思議な感覚に陥った。「家族」という言葉を汚しすぎて見ることができなかった感情の揺れ動きや、家族という生きものに対する肉体の反応などを、徹底的に浄化された言葉で体験し直しているような気持ちになった。この三人の、安易に名付けることができない関係性の中に、何かの「真実」や「本質」を見ることができるような気がしてならないのだ。

時系列に沿って三人の関係性の変化を辿ろうとすると、まずは「夫婦」の出会いがあることになる。中等部の三年生に上がってクラスが一緒になった、日夏と真汐は、学校のホールで行われた来日留学生の修了式兼歓送会の出来事をきっかけに、「夫婦」

と呼ばれるほど仲が良くなる。人前ではべたべたしないものの、真汐は日夏の「妻」、日夏は真汐の「夫」とみなされている。

「〈夫〉というのが具体的に何を意味するのか言える者は誰もいないけれど」

と「わたしたち」は言うが、それでも二人は「夫婦」なのだととてもシンプルに納得することができる。

夫婦である二人の間に、やがて子供である「王子様」が介在するようになる。高等部から学園に入ってきた空穂と同じクラスになると、二人は彼女に近付き、懐かせ、庇護(ひご)し、躾(しつけ)をするようになる。

しかし三人の関係は、少しずつ揺れ動いていく。修学旅行で体罰が起きたこと。そのことによって「王子様」が何かに目覚め、触れられる楽しみに敏感になったこと。「パパ」と「王子様」の間に、淡い近親相姦的な関係が発生しはじめたこと。そのことで、「ママ」が孤独になり、二人と距離をとりはじめてしまうこと。

しかしこの三人の繊細な感情の変化が、少しもグロテスクではなく、むしろ純粋で真摯で、甘美にすら思えるのは、「わたしたち」に読者である私も感化されてしまったからなのだろうか。

あくまで「わたしたち」の妄想を交えた三人の関係を追いながら、私は改めて、

「家族」の中での肉体というものについて、考えることになった。

彼女たちの肉体は、「家族」に対して誠実に反応する。例えば、本当の母親である伊都子（いつこ）さんに褌（ふんどし）を穿（は）かされた空穂の家に集まり、空穂は真汐に体重を頂け、真汐の腕は日夏にぴったりとくっついたとき、「日夏の体は甘く寛ぐ」。真汐は日夏が自分の頬を指で軽く叩いた動作を英語で調べ、「(子や妻に示すような) 愛情、優しい思い」という言葉に惹きつけられる。「触れられた頬にもとろけそうな喜ばしい感覚が起こった」と真汐は思う。大切な、信頼できる相手の前で、心地よく筋肉が弛緩すること。じゃれあった指先が性愛におさまらない家族としての快楽に満ちていること。誰かの体温の中を安堵（あんど）しながら漂うこと。

私は「家族」という言葉を汚しすぎていて、そうした肉体の動きについてわからなくなっていた。たとえ疑似家族であっても、身体が相手を家族だと認識し、そうした反応をするなら、現実での関係性の名前がどうであるかなど関係なく、肉体にとってその人は「家族」なのではないかと思う。

もちろん、これらは「わたしたち」の妄想が紡ぎ出した言葉だから、実際に三人がどんなふうな肉体感覚の中で戯れていたのかはわからない。けれど、そうした言葉を必要とする、「わたしたち」の気持ちが、とてもよく理解できる気がする。語り手である「わたしたち」は、目撃者ではあるが、部外者ではなく、誰よりもこれらの言葉を必要としている少女たちなのだと思う。

「わたしたち」も、また彼女たちの妄想を交えて綴られる「わたしたちのファミリー」も、常に覚悟をしている。真汐は「生涯たった一人でも生きて行けるように心を鍛える」し、日夏は「わたしたち三人も同級生たちも、一生〈ファミリー〉などと言って遊んでいられるわけではない」と考えている。わたしたちは「わたしたちがわたしたちのために語って来た物語」の未来に、喜ばしい甘みが必ず見出せるだろうと期待し続ける。「道なき道を踏みにじり行くステップ」と自分のダンスに名づけた日夏に、「わたしたち」はかすかな息をつく。「しんどそう」という率直な感想をもらしながらも、この物語に描かれていない「未来」が薄暗いものには思えない。むしろ、希望を感じてしまうのは、彼女たちの言葉と、行動の選択が、常に誠実だからかもしれない。

沢山の快楽と不快がこの物語には詰まっているが、一番薄気味わるく印象に残るのは、鞠村という支配的な男子と苑子という他クラスの少女が「恋人同士がやるだろうことを一通りなぞっている」光景だ。この光景は、不快でも快楽でもない、「無」だった。道ある道を進んでいるつもりの人間こそ、一番難解な場所にいるのではないかと感じさせられる。

「わたしたち」の一人である美織の両親は「道なき道」の先にこんな人がいたら、と憧れてしまうような存在だが、彼らはこんなことを言っている。

「地味でも人は日常の場で近くにいる誰かに影響を与えるものだよ」

読者である自分は、現実世界を担う破片でもある。目撃者でも読者でもない、この世界の当事者としての自分は、彼女たちほど誠実に言葉を探すことができているだろうか。

自分に問いかけながら、しかしそうして問うことができることに感謝したくなる。汚れていた言葉を、私は正しい形で、もう一度手に入れることができた。その言葉を明日からどうやって使っていくか、そしてどんな名前のステップで進んでいくのか。

十年後、二十年後の自分は、どんな形をした世界の破片になっているのだろうか。ここから先は、目撃者の「わたしたち」ではなく、読者である「わたしたち」の物語なのかもしれないと思う。十年後、この物語を読み返したときに、今とは違う破片になっていたい。そのとき、この物語は私にとって、まったく違う意味をもって身体に入ってくるのではないか。そのとき、「家族」という言葉の本質に何があるのか、「わたしたち」は改めて知ることができるのかもしれないと思っている。

（二〇二〇年五月・講談社文庫「解説」）

『にんじん』ジュール・ルナール

忘れられない少年

子供の頃、学校の図書室は大好きな場所だった。本の中にはさまざまな少年少女がいて、私をわくわくさせたり、憧れの気持ちを抱かせてくれた。けれど一番衝撃を受けて、忘れられないのが、ジュール・ルナールの『にんじん』ではないかと思う。『にんじん』というタイトルを見て、赤毛のアンを思い浮かべたのが、この本を手に取ったきっかけだった。主人公のにんじんは、アンと同じ赤毛の少年だったが、この本は今まで読んできた児童小説とはまったく違う、衝撃的な一冊だった。

主人公のにんじんは、母親から酷い扱いを受けている。母と子がすれ違う小説ならそれまでにも読んだことがあったが、この本のルピック夫人の仕打ちは、裏に愛情が隠れているとは思えない、陰湿で残酷なものだった。当時、児童小説を読んで子供が酷い目にあっていると、「これを書いている大人は、このあと、すごく盛り上がる場面を書いて、私たちを感動させるんだろうなあ」と思うことが多かったし、実際にそういう物語がほとんどだった。だがこの本は違った。淡々とにんじんの日常が綴られ、そこには奇妙なユーモアはあれど、「感動」や「救い」はほとんどないのだった。

主人公が「可哀想でかわいい」性格でないのも、私には衝撃だった。可哀想な物語を読むとき、その主人公はとても性格が良くて、いじらしくて、「なんて可哀想でかわいいのだろう」と読者を気持ちよくさせるような人物がほとんどで、それが当たり前の構図だと思っていた。にんじんは、読者を「可哀想でかわいい」といい気持ちにさせるような、いたいけな主人公ではなかった。ずるいことをするし、捻くれたことを言うし、モグラや猫を殺す場面すらある。私は、にんじんの性格や言動にびっくりしながらも、強く惹かれた。

私は、本の中で時折出会う、「安易な救い」にいつも絶望している子供だった。可哀想でかわいい主人公が、安易な救いでハッピーエンドを迎えると、息苦しくなった。『にんじん』は苦しい物語だが、私を呪縛から解放してくれる本でもあった。私が「物語とはこういうものだ」と思い込んでいた既成概念を、爆破するような一冊だった。

この本と出会った衝撃は今でも忘れることができないし、にんじんという男の子がちっともかわいくなくて、それでも淡々と生きていたことを、大人になった今もたまに思い出す。にんじんは、私の脳を変化させた、特別な男の子なのだ。

（「あの子の文学」二〇一七年十月号「すばる」）

『抱く女』桐野夏生（新潮文庫）

覚醒する痛み

『抱く女』の舞台は、一九七二年の東京。私が生まれる七年前に二十歳の青春を生きる女性の物語だ。

この時代のことは、話を聞いたり、テレビで見たりしたことがある。映像を見て、「激しい時代」という印象を持っていた。人々の魂が激しくぶつかり合っていた特別な時代。いろいろな悪意や不安が匿名化されてしまった現代と違って、それぞれがきちんと生きて、きちんと衝突していた時代。どこかで、そんなイメージを勝手に抱いていた。

けれどこの本を読み終えたとき、直子が感じる「痛み」に、驚くほど共鳴している自分に気が付いた。この物語は、私にとって過ぎ去った時代の話ではなかった。直子が物語の中で抱く違和感や痛みに共鳴して、私が身体の中に封印していた悲鳴が蘇る。忘れていた様々な記憶が、まるで今傷ついたばかりのように血を流し始める。

この本を読み終えた日、私は興奮で眠れなかった。直子の姿に過去の自分が重なり、どんどん解凍されてくる記憶と痛みに驚きながら、涙を流してずっと天井を見つめていた。そのときは、なぜ自分が過去のことで今更これほどの痛みを味わうのかわからなかった。「物語の世界に入り込みすぎてしまったのだろうか」と思った。けれど、今は、二十歳のあのころ、またはそれからの人生の様々な場面で、流すべきだった涙を、物語の力でやっと流すことができたのだと思う。それは本当に大切な、私にとっては始まりの時間だった。

物語の冒頭、主人公の三浦直子は「授業に出る」と嘘を吐いて家を出て、大学をさぼり吉祥寺の小さな雀荘「スカラ」へと向かう。

「若い女」である直子は、男たちが叫ぶ性的な冗談から顔を背けて歩く。雀荘にいつもの面子（メンツ）はおらず、直子はジャズ喫茶の扉を開ける。そこで直子を待っていた麻雀仲間のタカシは、直子に言う。

「お前は麻雀下手だから、カモにされてんだよ」

「女なんか簡単じゃん」

「売ればいいじゃん」

また別のシーンでは、声をかけてきた見知らぬ男たちが直子にこんな言葉を浴びせる。

「何だ、ブスじゃんか」

「ブスの癖に気取りやがって、返事もしねえって」

歩いているだけで性的に見られ、通りすがりの男性にからかわれる。男友達の何気ない軽口に怒りを覚え、それなのにうまく言い返せずにいる。二十歳のころの自分の姿が、直子に重なる。

直子にはジャズ喫茶でアルバイトしている泉という女友達がいる。直子は泉にタカシの話をし、「その場ですぐに言い返せないんだよね。それが悔しい」と言う。

「わかるよ、それ」

泉は直子に同意する。「でもさ、やはりその場で言って戦わなきゃいけないんだと思うけどね」という泉の言葉に、直子が言う。

「でも、言えないんだよ。だって、違和感とか頭に来ることとって、たくさんあるから、いちいち気にしてたら身が保たないじゃない」

直子の言葉にはっとする。なぜ二十歳の私は涙を流しそびれたのか。なぜ今になって、直子の物語を借りて、やっと泣けたのか。私は、「身が保たない」から、痛みを封印して、気が付かないふりをしていたのではないか。麻痺させることで自分の心を守っているのではないか。それがどんどん身体に染みつき、二十歳のころの私だけでなく、今の私も、傷つくべきときに傷つかず、そのことに気が付くことすらできないようになっているのではないか。

ページを読み進めると、だんだんと直子に関わる人間たちの世界が明らかになっていく。いろいろな人と出会い、言葉を交わし、時にはショッキングな出来事に遭遇しながら、直子は二十歳の青春を進んでいく。

直子はその中で様々な男性と関係を持つ。直子は泉に言う。

「あたしさ、いろんな男と寝ちゃったのよ。どうしてだろう。自分でも理由がわからないのよ」

「男が自分を欲していることで、自分という女が成り立っているような錯覚を起こすんだよね」

直子と泉が交わす言葉には嘘がなく、女同士の率直な言葉のやりとりに、唯一呼吸ができる場所へ来たような安堵感を覚える。一方で、同じ「女性」から、直子は、ショッキングな言葉を浴びせられることになる。

「こないだね、『スカラ』であの人たちがあなたの噂してたの。そしたら、誰かが『公衆便所』って言ってた。酷いよね」

た。

「抱く女」とは対極にある暴言に、直子だけではなく読者である私も、打ちのめされ

「自分では、自分の意志で選んでいたつもりでも、男の側は違うというのか。」

男たちの酷い言葉もショックだが、それを告げたのが女性だということにも衝撃を受けた。直子に、そして読者である私に痛みを与えるのは、男性だけではないのだ。

直子は女性たちが集まるリブのコミューン開きの会に参加する。そこで、「公衆便所」と言われた怒りを口にする直子に、幼児を抱いた若い女が言う。

「はっきり言うと、あたし、あなたみたいな人を見るとちょっと苛立つんです。だって、どうして口紅塗ってるの。何で、こんなお洒落なミニスカート穿いてるの。」

「何かあなたの格好って、男に媚びているように見えるんだけど違いますか？」

古い時代の古い考え方だと、読み流すことができればいいが、私にはできなかった。これに近い言葉が飲み会で、インターネットで、飛び交っているのを、今も見ているからだ。二〇一八年の今も、私たちは呪われている。

直子の痛みに呼応して、自分の中に眠っていた違和感が蘇る。それは苦しくもあるが、気が付かないふりをして、蓋をして生きていくよりずっとましだと、まっすぐに傷ついている直子を見ると思う。

泉の昔の恋人、高橋隆雄は遺書にこんな言葉を残す。自分を言い当てられたようで、ぞっとさせられる。思考停止してしまった自分が、「今」の二十歳にどんなバトンを渡してしまったのか、考えると恐ろしい。私がずっと痛みを封印してきたように、今の若い女性たちも、痛みを感じないように麻痺させたまま、本人も知らないうちに傷をたくさん受けているのではないか。そう思うと、怖くてどうしようもなくなるのだ。

「ああ、消耗する」

直子は口癖のように呟く。この呟きは、きっと、時代を超えてすべての女性が心の中で抱えている言葉なのではないか。今、二十歳を生きる女性たちも、何かを「消耗」しながら堪えているのではないか。

この本に出会う少し前、私は直子と同じくらいの年齢の若い女性と、大学で話をする機会があった。彼女から何か決意するように、切実に、「あの、作品の主人公のように、村田さんも処女なのですか?」と聞かれて大変驚いた。彼女にとって、それはとても大きな意味を持つ問題のようだった。何かの形で苦しみを抱えているのではないかと思ったが、時間がなく、そのときの私はうまく話すことができなかった。「性経験がないこと」にコンプレックスを感じ、悩んでいるという人の切実な話を聞くこともある。

好きな服やアクセサリーで着飾って、男と沢山寝れば「公衆便所」。誰からも抱かれなければ「抱いてもらえない」女。作品の時代から四十六年も経っているのに、女性たちは「抱く女」ではなく「抱かれる女」のままだ。自分の身体の価値を決める鍵を、自分ではない人に手渡してしまっている女性たちの姿に、私は何度もショックを受けた。

今、私は、せめて彼女にこの本を手渡すことができていたら、と思う。直子が直面する「痛み」は、形を変えて現在も存在している。直子の言葉が彼女を救うのではないかと思えてならないのだ。

時が流れて変化しているつもりで、何か一番恐ろしい部分が変わっていないのではないだろうか。もちろん、まったく同じではない。けれど、この本の中で直子を幾度も痛めつける大きな化け物は、形を変えながらずっと存在し続けているのではないだろうか。

むしろ、「思考停止」して痛みに気が付かないふりをしてきた、そして「麻痺した、痛まない痛み」が蔓延しているように思える現代のほうが、ずっと恐ろしいのではないだろうか。その化け物の存在を、この本が気付かせてくれるのではないだろうか。

この本は、過去の物語ではない。直子の痛みは私たちに引き継がれている。この痛みは大切なバトンなのだ。今を生きる全ての人間が、誰かが「あのとき」傷つき戦ったというバトンを受け取っている。生きている時代は違えど、私は直子と一緒に傷つくことができる人になりたいと思う。ちゃんと傷つかないと、戦うどころか、自分の人生の苦しみが一体何なのか気が付くことすらできないまま一生を終えてしまうことになる。麻痺した「痛まない」痛みを抱える人々にとって、この一冊は、とてつもない救いになるのではないかと思うのだ。

物語は直子がアキという女性と出会ったことで転換を迎える。直子は新しい世界へと飛び込み、激しい恋に落ちる。「違う世界に見える」という直子に、泉が言う。

「人って、何度も違う人になるのかもね」

私たちは、いつまでも二十歳の私たちではない。何度も生まれ変わりながら生きていく。身体の中に封印された傷口から血を流すことで、私たちはやっと生まれ変わるための準備ができるのだと思う。直子の物語は、私たちの痛みを覚醒させてくれる。この物語の未来の世界を私たちは生きている。この本にちりばめられた言葉や思考は、私たちの痛みを繋げてくれる。この本が与えてくれた痛みは、きっと私だけではなく全ての人にとって、大切な覚醒の瞬間になる。私たちはこの「痛み」から始まることができる。心からそう思うし、そう願わずにはいられないのだ。

（二〇一八年九月・新潮文庫「解説」）

書く、読む、自著について

空想から明朝体、小説へ

文章を書き始めたばかりの小学生の頃、それは毎日浮かんでは消えていく空想の世界を少しでも保存するための手段でしかなかった。鉛筆を必死に動かして自分が漂っている白昼夢に引っかき傷を作り、零れ落ちた破片を書きとめていた。ただそれだけだった私が、いつ「小説」を書こうと思ったのか、はっきりとした境界線はなかったように思う。

私は小さい頃、空想癖のある子供だった。起きている時も、ふっと夢想の世界に吸い込まれそうになることがよくあった。部屋には折り紙で作ったテレビや、画用紙を切り抜いた窓枠があり、その中をじっと眺めて架空の番組や風景を見ていた。少女小説が好きで、本屋や図書館へ行くと片っ端から読み漁った。私にとって、本は異世界への扉で、読むものではなく漂う場所だった。だから同じ本を何度読んでも、飽きることがなかった。ノートに書いていたいたずら書きの文章は、いつの間にか少女小説を模倣したものになっていった。指を真っ黒に染めながら書いた小説らしきものたちは、いつも未完だった。

ある時から、自分の書いたものを明朝体にすることに執着するようになった。習字を習っていたせいかもしれないが、書き文字には文字そのものに表情がありすぎるように思えた。本や教科書にあるような、あの均一な、だからこそ文章の表情がよく見える文字で、自分の文章を読んでみたかった。

文房具屋で「あいうえおかきくけこ」と、平仮名の形の穴が開いている定規を何種類か買って五十音を揃え、その穴で一文字一文字をノートに書いてみたこともある。しかしいくら丁寧にやってもどうしても文字が歪み、望んだ均一な文字を書くことはできなかった。小学校四年生のクリスマスに、「レターメイト」というタイプライターの玩具を買ってもらった。私は子供には高価なインクのシートを何度も裏返して使いながら、自分の中のとっておきの一行を、間違えないように慎重に打ち込んだ。だがその玩具では、平仮名と片仮名しか打つことができず、文章全てを明朝体にすることはできなかった。

小学校六年生の頃、誕生日プレゼントとして半額を出してもらい、もう半分は自分の貯金を下ろして、念願のワープロを手に入れた。初めて明朝体で印刷された自分の文章を、私はうっとりと眺めた。その頃、小説家を目指す人は、自分の手書きの文章を明朝体で印刷したいという欲望に突き動かされているのだと思っていたので、「これがあれば、小説家にならなくても自分の文章を印刷することができるんだ。すごい」と興奮していた。

それからはいっそう熱心に、小説らしきものを書いては、題名をつけてフロッピーに保存した。あてずっぽうに書き始める物語は、どこへ運ばれていくのか自分でもわからないものばかりで、相変わらず、満足に話を完成させることすらできなかった。

いつの間にか、ただ印刷することで満足せず、小説家になりたいと考えるようになった。相変わらず夢見がちで物の考え方が幼かった私は、ワープロというものがどこか天空にある不思議な場所と繋がっていて、よくできた物語が自動的に本になって出ているのではないかと想像していた。それで本屋に行くたび、「むらたさやか」という場所を探し、「まだ出ていない」とがっかりしていた。さすがに中学生になる頃にはそれは違うと気が付いていたが、本屋に行くと自分の名前を探す癖はなかなか抜けなかった。

小説を書いていることを、友人に言うことはあったが、見せることはほとんどなく、読ませてと言われるとそれ用の文章を書いて渡した。ワープロの中の文章は誰にも秘密だった。中学校の三年生まではそんなふうに隠れて小説を書き続け、受験をきっかけに、一時、ワープロを封印した。無事に合格して高校に入学する頃には、私は一行も小説を書けなくなっていた。

（二〇〇九年七月十日「週刊読書人」）

柔らかいためのお守り

高校生の頃に書けなくなった理由は一つではないように思う。高校に入学し友人に恵まれて世界が広がり、小説にうまくのめりこめなくなっていたのもあるし、無意識に少女小説ではないものを書こうとしていたことも大きいだろう。私はいつの間にか、少女小説ではないもの、今まで自分が書いてきたようなわかりやすいキャラクター達ではなく、もっと生々しい人間を書きたいと思うようになっていた。頭の中では創りたい理想の小説ばかりが膨れ上がり、それに到底及ばない自分の文章を直視できなかった。受験の頃には書くことを諦めていたが、ぎりぎりになって、少しでもヒントを得ようと芸術文化学科といういろいろな芸術を広く浅く学べる学科を選択した。友人達は突然私が進路を変更したのを不思議がったが、理由は誰にも言わなかった。

大学に入り、私は週に一度、横浜で行われている文学学校へと通い始めた。そこで出会った先生のことは尊敬しすぎていて、うまく文章にできない。先生はどんな短い文章を書く時も生徒の作品を講評する時も、一切の妥協がなく、それでいてとても柔らかかった。先生のそうした姿を見て、私の肩からも力が抜けていった。書くという行為が特殊なことではなく、人間らしくて柔らかいことだと思えるようになった。自分のためではなく作品と読み手のためだけに今書ける一行を書き進めようと思えたのは、先生と学校のおかげだった。

スランプを脱して初めて書いたのは、大学生の女の子が同性の友人に性的欲望を抱く、とても短い小説だった。その次に書いた、女子中学生と家庭教師の話「授乳」を群像新人文学賞に応募し、それが優秀作になった。

小説を書いていることは親や友人にずっと黙っていた。初めての本が出る時、親しい友人数人にだけ話した。家族には母にだけこっそり言ってきつく口止めしていたが、いつの間にか父や兄にもばれてしまっていた。

書けなかった時代に引き戻されそうな気がするのか、書いていることを特殊なことのように言われると、こっそりトイレで吐くほど気分が悪くなる時期が長く続いた。自分と同じく何かを書いている人や編集の方など、小説を創ることに係わっている人とならいくら話していても楽しいというのに、そうではない父や友人などから書くことについて言われるとたんに辛くなった。だからそのことが話題になるとすぐに話題を変え、秘密主義者だと嫌がられた。そういう時期が長く続いたが、最近やっとそれほど過剰に反応することがなくなった。書くことが普通のことだという考えに、少しずつ自信が出てきたのかもしれない。

　小説の書き方も少しずつ変わってきたと思うが、人体実験をしているような感覚は変わらずある。小説という箱の中で、人間を培養している気がする。せっかく人体実験をするのだから、私の想像を超えるような化学変化を起こしたいと思っている。構想どおりの実験結果が出たとしても、じっくりと書き込み小説の中で登場人物が実際に体験するにしたがって、肉体感覚が伴う。それは頭の中で考えているだけでは絶対に発見できない感覚で、それを見つけていくのはとても興味深い。

　単調な日常を過ごすのが好きで、コンビニで毎朝同じお客さんが同じ煙草（たばこ）と珈琲（コーヒー）を買っていくのを同じリズムでレジに打ち込んでいく作業が心地よい。だから小説も、毎日同じリズムでこつこつ書いていきたい。朝早く起きてパソコンの作業をし、バイトへ行き、夕方また少し書く、というサイクルを続けたい。

　また肩に力が入りすぎてしまうことが二度とないよう、普通であることを大切にしたく思っている。そのためには、作品のためだけに誠実に、と念じるのが精神安定剤になる。それはお守りみたいなもので、いつでも握り締めている。書くという行為に寄り添いながらゆっくりと作ったお守りをこれからも手の中に包み、途切れることなく、できるだけ色々なものを書いていきたいと願っている。

（二〇〇九年七月十七日「週刊読書人」）

女子だけの思春期の欠片

小学校の頃、私は思春期の女の子が大好きだった。一方で、女の子たちが怖くもあった。少女たちの危うい感情の波は、簡単に波立ったり、突然今までと逆方向に流れ始めたりして、何が起こるかわからなかった。

クラスの隅っこには、「大人しい女の子」グループがいた。彼女たちは男子とほとんど口をきかず、いつもピアノの話とか、近所の子犬の話とか、大人が聞いても微笑むような話をしながら笑いあっていた。

先生から見ても、同級生から見ても、「安全な」彼女たち。けれど近づいて話してみれば、その女の子たちのグループにもいろいろなドラマがあった。突然分裂したり、一人の女の子の取り合いをしたり、クラスの誰も見ていない彼女たちだけの大事件に揺さぶられる彼女たちを、私は相談に乗りながらもどこかうっとりと見つめていた。

その危うい姿は、はっとするほど色気があった。私自身も自己の思春期に激しく揺さぶられながら、それでも、彼女たちから目を離すことができなかった。

この『マウス』はそういう私の趣味がぎっしり詰まった作品で、「大人しい女の子」グループに属している律と、グループに入ることもできない瀬里奈という二人の女の子を、あの頃の教室の熱気を思い出しながら、ずいぶんねちねちと描いた。空気穴をあけたら破裂してしまいそうだった、あの感情渦巻く教室を、今でも自分は強烈に覚えているのだと思った。

先日、小学校の同窓会に行った。容姿は変わっていても、集まって会話をしながら摩擦されると、皆からあの頃とそっくりな匂いが立ちのぼり、私はくらくらしながら、ビールを飲んで、熱気の中を歩き回っていた。女の子たちは上履きではなくて、ハイヒールを履いていた。

物語の後半では、律も瀬里奈も大学生になる。けれど二人とも、小学校の教室でまとっていた空気を、どこか引きずっている。あの頃の、密封された思春期の欠片。その欠片をどこかにつけて歩いている人を見かけても、また、自分のスカートの裾にそれを見つけても、乱暴に払ったりせず、大切に拾い上げてほしいなあと思う。触れるとびりっと痺れそうなその結晶は、危険だけれど、同時にとても美しくもあるのではないかと感じている。

（二〇一一年三月号「IN・POCKET」）

微熱の記憶がある街で

小学六年生くらいのころ、自分の住んでいる街を舞台に小説を書こうとしたことがある。ノートの切れ端に書いたその小説は、すぐに挫折(ざせつ)して、今でも実家のどこかにぐしゃぐしゃに丸まっていると思う。思春期まっさかりの私は、自分の小説を無邪気に誰かに見せることはなくて、部屋の奥深くにいつも隠していた。

そして大人になった今、再び、同じ場所をモデルにした街を舞台に、しかも思春期の女の子が主人公の小説を書いている。当時の私が見たらどう思うだろうかと、想像すると笑ってしまう。

私が育った街はニュータウンで、いつもどこからか工事の音が聞こえてくるような街だった。工事現場は子供の遊び場だったし、新しい家や公園がどんどんできて、転校生も数えきれないほど入ってきた。

ニュータウンにはいろいろな想いがありすぎて、この街のことはうまく文字にはできないような気がしていた。けれど実際に何度も実家近くに足を運び、写真を撮り、自分が経験しなかった、それでも経験していたかもしれなかったもう一つの思春期をそこに作りだすのは、思いのほか楽しい作業だった。

駅前、よく遊んだ公園、子供の秘密基地があった空き地、あちこち写真に撮りながら、時の流れを感じたり、まったく変わらない光景に記憶を揺さぶられたりした。そのせいか、他の街より、ここでは夜や夕方の匂いが強いような気がした。

そうして書いた『しろいろの街の、その骨の体温の』の主人公の結佳(ゆか)は、思春期まっさかりの女の子だ。小説ができ上がっていくにつれ、そこは私の故郷であると同時に、結佳やその友人たちの街になっていった。私と同じ街に育って、同じ学校に通った、それでもまったく私とは違う思春期を過ごしている女の子。結佳たちの足音が、自分の育った街のあちこちから聞こえているみたいな、奇妙な感覚に襲われた。

私は小さいころから思春期の女の子が好きで、思春期の本を読んでは、教室の中にそれが沸き起こるのを楽しみにしていた。クラスの女の子が少しずつ初潮を迎え、男子を意識するようになり、また男子も女子を意識するようになっていく。その光景は、私にはとっても魅力的に映った。初めて男の子が、「この線から入ってくるなよー」といかにも思春期の男の子っぽいことを私の友達に言ったとき、「これが本物の思春期か」としみじみ感動したものだった。

それでも中学にあがると、熱っぽい危うさの波に、私自身も飲み込まれた。大人になった今、「中学校が大嫌いだった」という話で盛り上がることがある。あの独特の熱っぽさや、破裂しそうな自意識たち。校舎の中に広がる熱っぽい空間への違和感。それらについて、ビールを飲みながら何時間も喋ったりする。中学生のころは、学校が嫌いなのは世界で自分だけなような気がしていた。そのことも含めて、典型的な思春期だったなあ、とそのころの自分を思い返す。

取材のためにニュータウンに何度も足を運んでいた最中、たまたま中学時代の同級生と再会する機会があった。その子は今は結婚して子供もできて、ニュータウンに新しく一戸建てを買って住んでいた。

同じ中学の友達二人でその子の家に遊びに行った。子供をあやしながらおしゃべりをする友達を見て、あのころ、暗くなるまで公園で遊んで「ただいまあ」とそれぞれの家へ帰っていた私たちが、今では、親になって子供が帰ってくる家で待つ側になったんだなあ、と感慨深く思った。

結佳たちの物語より少し未来のニュータウンの中で、結佳と伊吹は今どうしているんだろう、と考えた。

子供の笑い声が響く家からの帰り道、友達に車で駅まで送ってもらった。少し薄汚れた白い駅に入っていくとき、その子に、ねえ、Yちゃんも中学校嫌いだった？と聞くのを忘れたな、と思った。

あのときのどろっとした感情すら、時と共に変化して、別の形になって身体の中に沈んでいく。当時の微熱の記憶が、今では愛しくもある。

帰りの電車の中で、少し眠った。もう白い街は見えなくて、窓の外では誰かの故郷である知らない街が、藍色の闇に飲み込まれるところだった。

（二〇一二年九月号「一冊の本」）

不思議な日々

生まれて初めて最後まで完成させることができた小説は、小学校五年生くらいの頃、ルーズリーフを横にして縦書きで書いた五人姉妹の女の子の話だった。

女の子たちにはそれぞれ好きなファッションブランドや読んでいる雑誌があって、歩き方もそれぞれ違った。末っ子は踵（かかと）をあげて、弾むように。長女は綺麗な所作で、爪先を真っ直ぐにして。暇があれば誰も見ていない通学路で、五人の歩き方を実際に試していた。

それまでは、ノートに断片的に話を書いたり、途中で続きが書けなくなって放り出したりしていた。それでは嫌だったので、今度こそ絶対に最後まで書こうと決意して書き始めたのだ。舞台は自分が住んでいる、千葉のニュータウンにした。いつも自分が住んでいる街に自分の作った女の子たちが走り回ると思うと、胸が高鳴った。けれど、頭の中で妄想が膨らむだけで言葉はちっとも追いつかなかった。結局、冒頭の会話で末っ子が五丁目の裏でザリガニをとった話をする程度で、舞台の描写はほとんど書くことができなかった。

お話はルーズリーフ十枚程でなんとか完結した。無理やり終わらせたせいで話は支離滅裂だったが、それでも最後まで書けたというだけで満足だった。しばらくしてワープロを手に入れた私は、ますます書くことに没頭した。どこかが故障したように書いていた。

私はとても子供っぽくて、その頃、ワープロは空と繫がっていると思っていた。この中に打ち込んだ小説が空にあがっていって素敵な物語だけが選ばれて本になる、という仕組みだと漠然と感じていた。小学校高学年にしてはとても幼稚で夢見がちな考え方だったが、てっきりそう思っていたのだから仕方がない。

空にあがっていった自分の小説が本になっていないか、私はいつも本屋さんに行くと確認していた。「む」のところを探しても、村田沙耶香という人の本はなかった。

本になるというのはどうもそういう仕組みではないらしいと知ってからも、小学校からの癖は抜けなくて、中学生になっても無意識に本屋で自分の本を探していた。人に小説を見せてと言われると、見せる用の偽物の小説を書いて渡していた。本気で書いたものは誰にも見せなかった。臆病な私の本気の小説は、空へあがっていくわけでもなく、いつまでもワープロの中に留まっていた。

デビューをしたのは大学を卒業して一年後の二十三歳の春だった。私は日付を間違えて一か月前に選考結果を待っていたので、自分は落ちたと思っていた。その時、とても切実な気持ちで好きな男の子がいて、私はその子を自分の家の隣の公園に呼び出して、砂場に二人で座って告白していた。二人とも砂場に足を突っ込んでいたので、靴が砂まみれだった。その時電話がかかってきて、自分が群像新人賞の優秀作になったことを知らされた。とてもびっくりした。男の子もびっくりしていた。

それから十年が経った。

とても不思議な十年間だった。物語は空にあがっていくのではなかったけれど、いろんな人の手を伝わりながら本になっていった。そのことは、私にとっては空にあがるのよりもずっと神秘的に思えた。

小さい頃から、自意識に苦しめられていた。書いている間は、自意識から解放された。これをしたら自分がどう思われるかという、いつも自分を縛っている意識が小説を書いている時だけは消滅して、ただ物語のためだけに言葉を探すことができた。いつも人の目におびえて、教室で上手におはようを言うことすらできなかった私にとって、それは人生でたった一つのことだった。自分という存在が消えて、ただ物語のためだけに文字を書けるのがうれしかった。そのために人生がぐちゃぐちゃになってもうれしかった。生きていてたった一つ、自分にそういうものがあるということに、いつも救われていた。

十年間でいろいろな言葉をもらった。文字の時もあれば、音声の時もあった。厳しい言葉も優しい言葉も、私の作品と向き合ってくれた人の言葉だった。書いていない時は悩んだり落ち込んだりしたが、書き始めるとそういう感情も消滅した。書くことが好きすぎるということが自分の欠点だと思う。少し書くことが嫌いなほうが、きっと上手に小説を書けるのだと考えている。けれどこの欠点は直らないと思うので、その中でなんとか書いていくしかないのだろう。

あの時と同じ、ニュータウンを舞台にした小説で、こうして三島由紀夫賞を頂くことになった。とても不思議な巡り合わせだなと思う。電話を受けた時、いろんな人の顔が浮かんだ。いろんな形で、私を励ましたり、がちがちの心を解(ほぐ)したりしてくださった方たちの顔だった。どうやって感謝の気持ちを伝えればいいのかわからない。とにかく、作品をずっと書いていきたい。そう改めて思った。

本当に、ありがとうございました。

（二〇一三年七月号「新潮」）

拘束する「街」

自分が育った街が世界で一番嫌いな街、という人は多いのではないかと思う。大学生の頃はこちらのほうがメジャーな感情だと思っていたので、「やっぱり地元に帰るとほっとする」とか、「結婚したら地元に帰るのが夢」と友達が言っているのを聞くと、いつも不思議に思っていた。

私は千葉のニュータウンで育った。できたての、真っ白な街だった。子供は自分が暮らす街を選べない。小さい頃は好きだった綺麗な街も、同じ場所で想い出を重ね続けているうちに鬱陶(うっとう)しくなっていた。知っている顔が点在する世界が、憂鬱(ゆううつ)で億劫(おっくう)だった。駅前のダイエーで親しくないクラスメイトに会った時に、いかにうまく気が付かない振りをするかというのが当時の私の課題だった。

高校に入る時、父が仕事の都合で東京に転勤することになった。電車での通学時間は同じくらいだけど、どちらに住む？　と聞かれ、私は迷わず東京を選んだ。そして、私は私のことを知る人が誰もいない街で暮らし始めた。

今まで家族で住んでいた千葉の家は空き家になった。私は地元の英語塾に通っていたので、その時だけは誰もいない白い一軒家へと帰った。解放されてみると、「街」に拘束されていた時の疎ましさも薄れていった。高校の友達とプールで泳いで皆で私の家で眠ったり、好きな人と一緒に図書室で受験勉強をしたりした。この街で一緒に育ったのではない大切な人たちとの想い出が、街に新しく降り積もっていった。記憶が増えるたびに、過去が掻き消されていく感じがした。

やがて私は本格的に東京で暮らし始め、千葉の家へ行くことはほとんどなくなった。小説家になった私は、ふと、あの場所を舞台に作品を書いてみようと思った。私は数年ぶりに電車で自分が育った街へと向かった。

街は変わっていた。何もなかった駅前には見覚えのない建築物が立ち並び、新築だった家々には人の匂いがしみ込んでいた。そのことに少しの寂しさと、もうあの光景はこの世に存在しないのだという安堵感があった。街は生き物で、私も生きていて、ずっと変化し続けていたんだと思った。

その小説が三島由紀夫賞という賞を頂き、地元の友達からもたくさんメールが来た。街の記憶を共有している友達から、舞台になっていてうれしいという言葉ももらった。痛みというものは、時を経て、大切な題材になっていくのだと知った。メールを見て、あの街で暮らしていた時間より、東京で暮らしていた時間のほうが長くなっていたことに気が付いた。街を出て、十八年ほどの時が経っていた。

今、貴方（あなた）の一番嫌いな街はどこですか、と尋ねられたら、私はやはり迷わず自分が育った街の名前をあげると思う。「街」というものに対してこんなに強い感情を抱くことは、きっともう一生ないと思うからだ。あの街で、生きて、育って、痛みを重ねた。だからきっと、あの街は私の一番嫌いな街であり続けるのだろう。

（二〇一三年六月十日「東京新聞」夕刊）

柔らかな言葉のひかり

小さい頃から、空想癖があった。寝る前は、布団の中で、いつも物語を作って遊んでいた。昼間に読んだり見たりした物語を弄って遊ぶのも好きだった。元の物語より説得力のある形にするというのが自分の中のルールだった。粘土遊びをするように、少しずつ物語を変化させて別の物語へ作り変え、主人公を助けたり、恋人たちをハッピーエンドにしたりするのは面白かった。元の物語に勝てていないと思えば、何度でも最初からやり直した。

昼に、幼稚園や学校で過ごしている時も、ふっと気を抜くと空想の中にいた。多くの空想癖のある子供がそうであるように、空想の中にいることのほうが自然だった。頭の中でいつもいろんな声がしていて、お話を紡いでいた。脳の中まで現実の音が聞こえた時、その鮮やかさにいつもはっとした。

小説を書き始めたのは、小学校の頃だった。空想の延長線上に小説があると思っていたのだが、書き始めるとそれは違っていた。水彩絵の具の筆を洗ったバケツの水のような、淡い色彩が液体になって混じり合う空想世界と違って、言葉は鮮烈で生々しくて、私にはコントロールできない、何か強烈な力が宿っていた。私は空想する私とは違う自分になってお話を作らなければいけなかった。書くことは強烈な現実だった。言葉の力に引き摺られ、思い通りにならずに動き出す物語に翻弄されるようになった。それが私にはどうしようもなく面白かった。情景が無理矢理に並べられているような、滅茶苦茶（めちゃくちゃ）で小説とも呼べない、わけのわからないものを書き散らかした。

中学の頃、突然、愛読していた本の帯に告知されていた少女小説の賞に、応募してみようと思った。遊びではなく、改まってちゃんと小説を書こうと思った。生まれて初めて、ちゃんと「正しい小説」を目指して文字を紡いだ。

書いている途中で気が付いた。自分の書いているものは、小説ではなかった。かといって今まで書き散らかしてきたものとも違う、何かとてつもなく卑しいものが、ワープロの中にあった。

私はとても惨めな気持ちだった。何かを目指して書いても、ちっとも卑しくない作品をちゃんと書ける人が沢山いることを、知っていた。でも、私が「ちゃんとした小説」を目指して紡いだものはなぜか卑しかった。目的通りに書ける人はとても才能があって、自分にはないということがよくわかった。

大学を卒業してデビューしてからも、その強烈な失敗の記憶から抜け出せなかった。右も左もわからないような状態で、ただ書いた。わかることを意図的に避けていた。わからないということに、私は自分のことを「小説家」と呼ぶことができなかった。中学生の自分の、卑しい文字の羅列が何度も頭に蘇った。いつまでも甘えていた。良いものは書けなかったが、それでもわかろうとしなかった。

私は誰にも小説を書いていることを言わなかった。「小説家」というものを何か特別な肩書のように言われると、吐いたり、眩暈を起こしたりした。何かの用件のメールで「先生」などと間違って送られてくると、一週間は寝込んだり吐いたりしていた。自分の潔癖さが不気味だった。

小説の依頼は特になかったので、物凄くゆっくり書いて、担当の編集さんに読んでもらい、駄目な所を教えてもらって捨てて、また新しく書くという日々だった。私は呑気だったが、いつも時間をかけて丁寧に駄目なところを教えてもらって、とても迷惑だったのではないかと、細密に思い出すと申し訳なくて具合が悪くなる。

デビューして四年ほど経った頃、初めて依頼というものをもらった。とてつもなくびっくりした。そして、怖くなった。「依頼通りの小説」を書こうとすると、また、とてつもなく卑しくて醜いものが出来上がってしまうのではないかと思った。

けれど、依頼をくれた女性は、とても丁寧に説明してくれた。私はよほどびくびくしていたのだろう。どうして依頼をしようと思ったか、以前の作品のどのシーンが心にひっかかったか、今の会話の中で何が興味深かったか。そしてその上で、いくらでも自由に書いていいということを、とても丁寧に説明してくれた。私は必死に、その大切な言葉たちを受け取った。とても柔らかくて、そして面白い言葉たちだった。女性の言葉には磁力があって、私の内部から言葉を引き出してくれる感じがした。いつも一人で書いていた私にとって、それは初めての体験だった。そして初めて、私は締め切りというものを目指して文章を書いた。

それを境に、私は自分のことを、おそるおそる小説家と名乗ってみるようになった。そして、作品の未来予想図を思い描いて書くことに、昔ほど怯（おび）えなくなった。あれは確かな自分の転機だったと思う。あの時、彼女の柔らかな言葉が照らしてくれた世界を今でも自分は進んでいるのだと、いつも強く感じている。

（二〇一四年六月号「新潮」）

受賞のことば

小学生の頃、私は取り憑かれたように小説を書いていた。もっと行きたい、といつも考えていた。何処へなのかは自分でもわからないが、とにかく、「言葉」や「物語」の力を借りなくては到達することができない場所へ、行ってみたくてしょうがないのだった。作家になってからも、ずっとそういう衝動に突き動かされていた。「行きたい」「知りたい」ということが、ずっと私の原動力だった。

デビューをした十三年前、自分がこんな小説を書くとは思ってもみなかった。小説そのものが次の小説への架け橋になって、ここまで進んできたように思う。この小説からさらに橋を渡って、もっと先へ「行きたい」。これからもひたすら書き続けることだけが、その願いを叶えてくれるのだろうと思う。

（二〇一六年九月「文藝春秋」）

日常に隣接している喫茶店

コンビニでのアルバイト帰りによく仕事をしに行っている喫茶店がある。多い時は週に三回連続でそこへ行くので、おそらく「いつもの人」と思われているのだろうと思う。

チェーンの、とても小さい店なのだが、やけに落ち着いて、原稿がよく進む。眼鏡をかけた細身の男性が店長で、いつも慣れた手付きで飲み物を作ってくれる。いつも、小さなサンドイッチと甘い飲み物を注文し、テーブルで昼食をとる。

奇妙に居心地がいいのは私だけではないらしく、私以外の客もそれぞれリラックスした様子で過ごしている。クロスワードパズルをしているおじいさん、眠っているスーツの男性、なにかのお稽古ごとの帰りらしき女性の集団、いつも文庫本を読んでいる女性。

サンドイッチと甘い飲み物をお腹(なか)に入れると、私はもう一杯、紅茶を注文する。そして、それを飲みながら原稿に集中する。

へアクリップで前髪を留め、鞄からノートとプリントアウトした原稿を取りだして、テーブルの上に広げる。私は少し変な作品を書くことが多いので、ノートには「ラスト＝殺人」「※人間の血の量を調べる」など、横の人が見たらぎょっとするような不穏なことが書いてあったりするのだが、それを紙ナプキンでさりげなく隠しながら、原稿に向かう。

用事や打ち合わせなどで一週間その店に行くことができないと、何だかもやもやしてくる。最近、なんとなく機嫌が悪くなっている気がするなあ、何でだろうと考え、あ、しばらくあの店に行けていないんだ、と気が付く。

あの店は、居心地がよいだけではなく、私にとって、「小説を書く日常」と隣接した、聖域なのだと思う。

芥川賞を受賞してから明日で一週間になるが、まだあの店に行くことができていない。明日こそ私の聖域に出かけて、また眼鏡の店長さんにサンドイッチを作ってもらい、小説を書こう、と思っている。

（「わたしの聖域」二〇一六年八月三日「朝日新聞」夕刊）

ぐうたらな現実の中で

今、締め切りを三時間過ぎた状態でこの原稿を書き始めている。本当は一昨日と昨日、原稿をやる予定だったのだが、風邪を引いて寝込んでしまっていた。ふらふらした身体でなんとか病院へ行き、抗生物質をもらってぐっすり眠り、ほとんど回復した。芥川賞の発表から、たっぷり眠れる夜がほとんどなかったのが身体にきたのだと思う。そこまで過密スケジュールというわけではなかった（と思う）のだが、いざ眠ろうとすると頭が冴（さ）えてしまい、寝つけないまま朝を迎える日が続いた。多分、興奮がなかなか収まらなかったのだろう。取材など外に出る予定がない日も、身体は疲れているのに眠っていることができず、午前四時に起きて身支度をして、六時から近くの繁華街に出かけて原稿を書き、当然のことながら寝不足で具合が悪くなってしまい、よろよろと帰宅した。それでも布団に入ると興奮して寝つけないという、効率が悪い一日を送ってしまった。

眠れない分原稿に向かっていたので、眠るのが好きな普段の私からは考えられないような、真面目な日々だった。けれど、体力は限界だったらしい。病院の先生には、「とにかく眠ることですから」と注意され、看護師さんにも「そういえば顔色が悪いですよ」と言われた。そんなこと言われても締め切りはあるし、そもそも興奮して眠れないし、と思っていたのだが、風邪薬が効いたおかげか、久しぶりに深い眠りにつくことができた。そうなると今度は眠気が止まらず、今までは何だったんだというくらい、貪るように眠り続けた。

奇妙なことだが、二日間眠り続けて、やっと受賞の実感がわいてきた。いつものぐうたらな私の枕元にも、変わらず受賞の帯がついた自分の作品が置いてあるのを見て、

「ああ、夢じゃなかったんだな」

という気持ちになったのだ。

受賞が決まって一週間、いろんな方からインタビューで、「受賞の実感はわいてきましたか?」と尋ねられた。私はその時の気分で、「はい、やっと実感してきました」と頷いて見せたり「はあ、まだふわふわしています」と答えたりしていたので、横で聞いている編集さんは、「村田さん、一時間前とまったく違うことを言ってるけど大丈夫かな」と思っていたかもしれない。対談で友達の作家と会ったとき、冗談で、「どうしたの村田さん、村田さんがとったのはクワガタ賞だよ?」と言われ、笑った

が、心のどこかで、「本当にクワガタ賞かもしれない……」という気持ちがあり、帰ってからクワガタ賞について調べてしまった。そんな賞はなかった。けれど明日からは胸を張って、「風邪を引いて寝込んだら、実感がわいてきました」と答えられると思う。

今、こうして自分のいつものペースを取り戻して原稿を書いていると、何も変わっていないなあと思う。私は眠るのが好きなぐうたらで、アルバイトがない日はつい家でだらだらとしてしまい、それでも小説を書くのが好きで、これからもずっと書いていくのだと思う。何があってもそのことは変わらないんだと感じることができて、今、やっと、夢うつつではない現実の自分が、作家として何を受け取ったのか、真摯に考えようとし始めている。受け取った全てを栄養にして、また、明日から、ぐうたらな現実の中で小説を書いていこう。そう思えることに、とても感謝している。

（二〇一六年八月五日「東京新聞」夕刊）

夢のような特別な夜

受賞が決まった瞬間、私は編集さんと二人でお茶を飲んでいた。文藝春秋さんのそばにあるホテルの中のカフェだったのだが、その店が不思議で、紅茶のおかわりが何杯でも出てくる。ポットをどこかで温めてくれているようで、常に熱々のおかわりが出てくるのだが、そのポットは明らかに、三杯くらいしか入らない大きさなのだ。それなのに、五杯も六杯もおかわりを注いでくれる。

「これはどういう仕組みなんでしょうか」

「さあ……さし湯をしているにしては、ずっと味が変わらないですよね」

「実は値段が加算されてたりするんでしょうか」

「だとしたらまずいですね……かなり飲んでしまいましたね……」

何とも間の抜けた会話をしていると、突然、私のスマートフォンが震えた。表示されていたのは登録していない番号だったが、即座にとった。受賞の連絡だった。

けれど、電話を切った途端に、なんだか自信がなくなった。

「とにかく、桃の間に来てくださいとのことでした……」

不安げな私に編集さんも心配そうになった。

「桃の間に来いと言われただけで、あとは全部幻聴かもしれないです。トイレに行っていいですか……?」

気持ちを落ちつけようとトイレに行って戻ってくると、ますます自信がなくなっていた。

「あの、ぜんぶ聞き間違いかもしれないです。桃の間に来いって言われてないかもしれないです。来るなって言ってたかもしれないです」

「大丈夫ですよ!」

編集さんに励まされながら、今起きていることが現実か非現実かわからないまま、とにかく桃の間に向かった。桃の間から追い返されるということはなく、そこで待機させてもらった。どうも人違いではなさそうだ、と思うと緊張してしまい、何度もトイレに行った。

記者会見のことも、正直よく覚えていない。記憶にあるのは、たくさんの顔の中で、他の作品の取材やインタビューなどでお世話になった記者さんがこちらを見ているのがくっきりと見えたことだ。知っている顔を見ると安心することができて、「あっ〇〇さん！」と走って行きたくなるのを我慢した。

夜には、作家仲間や仲のいい編集さんが集まってくれて、祝福してくれた。それでもまだふわふわしていて、「全部勘違いだったらどうしよう」と思いながらお酒を飲んでいた。

「このお祝いの席も、皆のメールも、実は全部どっきりだったりしないかな？」

「いや、何のためにそんなことすんの！ めちゃめちゃ大がかりだし意味不明だよ」

「そうだよね……」

私はぼんやりしていたが、大好きな人たちに囲まれていることは、純粋にうれしかった。皆への愛情をどう示していいのかわからず、もどかしく思いながらお酒を飲んだ。

家に帰っていざ眠ろうとすると目が冴えてしまい寝付けなかった。とにかく感謝の気持ちが溢れていて、興奮していた。新しい小説のことを考えると、少し眠ることができた。とにかく書き続けようと思いながら少しだけ眠った。一生忘れられない、特別な夜だった。その夜に、大好きな人の顔をたくさん見ることができたことに、とてつもなく感謝している。新しい小説のノートを、お守りのように、今日も持ち歩いている。

（二〇一六年八月十日「毎日新聞」夕刊）

もう一人の自分との日常

自分にどうやって小説を書かせようかなあ、といつも考えている。私は小説を書くのがとても好きだけれど、空想癖があって目を離すとサボってごろごろして自分の世界に閉じこもってしまう。なので、自分を厳しく見張ったり、頑張った時にはおやつをあげたり、あの手この手で小説を書かせようとしている。

こんな話を編集さんにしたら、

「他の作家さんも似たことを仰ってました！　ここまでやったらケーキを食べていい、と決めたりして、もう一人の自分がいつも見ているって」

と言われ、自分だけではないのかとうれしかった。

自由業なので、そのもう一人の自分の存在が非常に重要になる。デビューして十三年間、どうすればこの人間が小説を書くかさんざん考えてきたので、大体行動パターンは読めているのだが、それでも難しい。

何でコンビニに勤めてるの？　とよく聞かれるが、「自分に小説を書かせるため」

というのが一番シンプルな答えだと思う。コンビニで働いていると、小説がよく進む。一番小説が進む一日は、こういう流れだ。まず、朝の二時に起きて、朝ご飯を食べる。机の上には、昨日の自分が置いておいた、今日やることリストが置いてある。寝起きでぼんやりした頭でそのリストに従って行動する。メールの返信などの作業を急いで終わらせ、それから小説の執筆に入る。そのころには目が冴えていて、コンビニへ行く準備をしなければいけない六時までにどこまでできるかという、時間との勝負になる。

タイムリミットがあると執筆が進むともう一人の自分が気が付いたのは何年前だろうか。最初は五時起きで作業をしていたのだが、もっと早く起きればいいのではないかと考え、四時起き、三時起き、とだんだん起きる時間が早くなっていった。一時だと徹夜という感覚になってしまうので、二時が自分にとって一番早い「朝」だとわかった。タイムリミットまで必死に仕事をした後、自分が勤めるコンビニに出かける。コンビニの仕事を終えると、家のそばの喫茶店で昼食をとりながら執筆する。そこではとにかく手の作業だ。小さなパソコンを買ってみたこともあるのだが、ほとんど使わなかった。ノートや、プリントアウトした原稿に手で書き加えていくのが、自分には合っている。

それから家に帰り、五時ごろに夕食をとり、お風呂に入って眠る。このスケジュールが、私が一番執筆に集中できる一日なのだ。

執筆が進んだ日の夜は、目が冴えてなかなか眠ることができない。もう一人の自分が明日も二時起きだぞ、と言い聞かせてくるので無理矢理眠る。眠っている自分を、よしよし、明日も書けよと頷いて見張っているのもやはり私なのだ。芥川賞をもらって、なかなかこのスケジュールの一日を送ることができずにいるが、もう一人の自分は今日もじっとこちらを見張っている。言い訳をするように、執筆ノートを持ち歩く日々を送っている。

（二〇一六年八月十日「産経新聞」東京朝刊）

小説という教会

人の顔色を窺う子供だった。

「何が食べたい？」「何して遊びたい？」と友達に聞かれても、私にはいつも、食べたいものも率先してやりたい遊びも、何もなかった。場の空気を壊さないこと、誰かを嫌な気持ちにさせないこと、そのことによって弱い自分を守ること。それが私の行動原理の全てだった。小説を書く、という行為にのめりこんだのは、そういう子供にとっては、必然のことだったのかもしれないと思う。小説は、私にとって顔色を窺わないでできる、唯一の行為だった。

人生で最初に最後まで書きあげた小説は、ルーズリーフを横向きにして書いた、五つ子の女の子のお話だった。さや香とさや美とさや江とさや留とさや子、という酷いネーミングセンスの顔がまったく同じ五人姉妹だったが、さや美はしっかりもので勉強ができてナイスクラップの服が好きだとか、さや子は明るくて字が丸文字で、ミルクの服を着ているとか、五人の歩き方を実践しながら考えたり、細かい設定を作っていくのが楽しかった。

ルーズリーフにいろいろな小説を書いているうちに、自分の字に表情があるのが気になるようになった。五人姉妹の筆跡をそれぞれ考えて、「これはさや美の字、これはさや留の字」などと遊んでいたせいもあったのかもしれない。さや江でもさや子でもない、「作者」の字に、手書きでは私自身の表情が付いたままなのが、気になった。

その頃私は少女小説を熱心に読んでいた。自分の文章が自分の筆跡ではない、「活字」というものになったらどんなにうれしいだろうと、プロの作家に憧れるようになった。

小学六年生の頃、母が半分お金を出してくれて、残りはお年玉で払い、ワープロを手に入れた。感動だった。インクリボンで自分の文章を印刷すると、手書きの時にはわからなかった、言葉そのものの手触りを知ることができる気がした。プロの人々は皆、自分の字を明朝体にするために小説家になったのだと勘違いしていたので、「ワープロが普及したらこれから小説家になる人はいなくなってしまうのではないか」と的外れな心配をした。

しかし、自分が「小説家になりたい」と思ったのは、それだけが理由ではないと気が付く出来事があった。同じく六年生の頃、三、四年生が使うトイレの掃除を担当することになった。その時、一人が「トイレ新聞を作らない?」と言いだした。毎週、壁新聞を作ってトイレに貼りつけたら、三、四年生が喜ぶのではないかと言ったのだ。私は小説のコーナーを担当した。自作を載せてみようか少し悩んだが、恥ずかしかったので、(今思えば著作権法違反で本当に申し訳ないが)ある少女小説を書き写して掲載した。

ものすごい反響だった。トイレ新聞の下に貼った感想コーナーには、びっしりと「続きを楽しみにしています!」と幼い女の子の字が並んだ。それを見た時、その少女小説の作者が、猛烈にうらやましくなった。自分の小説をワープロの中に閉じ込めておくのではなく、小説家になって、小説を読んでもらいたい。初めて、切実にそう思った。

中学生の時、少女小説の賞に自作の小説を応募しようと思ったことがある。その時、私は、小説のためではなく、小説家になるために小説を書こうとした。ワープロの中にあるのは、小説とは呼べない、ただの汚い自意識の塊だった。

「小説を汚した」

とその時思った。その時のことを、私はどうしても忘れることができない。自分にとって唯一の、顔色を窺わずに、自由に祈ることができる小説という教会を、汚してしまった。中学生の私にとって、それはほとんど死ぬことと同様だった。

十三年前、群像新人文学賞の優秀作に選んで頂いて小説家としてデビューしてからも、その罪の意識は消えなかった。小説家という職業を素晴らしい肩書のように言われると吐くし、「村田先生」という宛名の手紙が届いても吐いた。中学時代のことがどれだけトラウマになっているのか、自分の前世はポンプなんじゃないかと思うくらい、よく吐いた。

編集さんと打ち合わせをする時は、一時間前から待ち合わせ場所付近のトイレの中で緊張していた。けれど、だんだん、自分が書きたい世界を強固にしてくれる、共犯者になろうとしてくれる人たちなのだとわかり、心を開くことができるようになった。とても子供っぽいかもしれないが、今でも、私は、小説そのもののためではない理由で小説を書くことができない。その時の自分を思い出して、やっぱり吐いてしまうのだ。こういう体質で編集さんを困らせているなあとは思うが、十三年間治らなかったので、きっと一生こうなのだろうなと思う。そして、それを許してくれる方々にとても感謝している。

「コンビニ人間」は、とても大好きな編集さんと、たくさん言葉を交わしながら書いた小説だった。編集さんからもうすぐ異動になるかもしれないと言われ、人生で一番の速さで書き上げた。書いている途中、他の編集さんから、「村田さん騙（だま）されてるよ」と言われた。結局、編集さんは本当に異動だったのだが、「ごめんなさい、本当は、異動になるとはまったく思ってませんでした」と笑顔で言われ、ちょっとうれしかった。小説のために私を騙してくれたおかげで、この作品が完成した。

吐いたり騙されたりしながらも、こんな私が、なんとか作家として十三年間やってこられたことを、とても不思議に思う。物凄く周囲に恵まれてきたし、奇跡のようなことが沢山あった。全ての奇跡と、素晴らしい共犯者の皆さんに、とてつもなく感謝をしながら、新しい原稿を書こうとしている。昔ほど顔色を窺うことはなくなったが、やっぱり小説の中は私にとって、定期的に通っていないと不安定になってしまう教会のような場所なのだ。だから、これからも通い続けたいと思う。

（二〇一六年九月号「文學界」）

異世界を鞄に入れて

読書をする時、私は喫茶店で最初のページを開くことが多い。新しい本を読み始める時、私にはページの中にあるのがどんな感触の言葉なのか、どんな風景の中に自分が立つことになるのか、まったくわからない。なので、多分少し緊張しているのだと思う。物語の中に「入る」ということは、私にとって、少しの間、その世界に滞在するということなのだ。

今はそうだが、大学生の頃、奇妙なことを思いついたことがあった。本の中にある「世界」になるべく近い場所で読書してみようと思ったのだ。本を閉じて周囲の光景が目に入ってきた瞬間、異世界から突然移動してきたような感覚に陥り、くらくらしてしまう。本から顔をあげた時、さっきまで滞在していた世界に近い光景が広がっていたらどんなに素晴らしいだろうと考えた。

大学生だった私は、早速その試みにチャレンジした。手始めに、近所の公園のベンチに座り、緑に囲まれて、山々の中で暮らす人々の物語を読んでみた。本の中の迫力ある自然描写を目で追いながら、よし、いいタイミングで本から顔をあげるぞ、そうしたらそこにも木々が広がっているぞ、と気が散ってしょうがなかった。我慢できずにがばりと顔をあげ周囲を見回してみると、芝生の上で子供がサッカーをしている平和な光景がそこにあった。本の中に広がる化け物じみた自然の迫力と、ブランコやベンチが並ぶ整えられた公園では、あまりにも乖離していた。間の抜けた感覚に拍子抜けした私は、東京の緑はやっぱり迫力に欠けるな、と結論付けて、あきらめて本を家に持ち帰った。

ある日、私は友人から生まれて初めて「クラブ」という場所に誘われた。やった！と思ってすぐにOKの返事をした。「クラブ」はずっと行ってみたい場所の一つだった。その頃私がいつも持ち歩いていた本の舞台は、ソウルミュージックが流れるクラブだった。音楽に身を任せ、美しく着飾り、酒を飲み、会話を楽しむ人々の姿に憧れていた。「クラブ」という場所でこの本を読めたらどんなに素敵だろうと、いつも夢見ていたのだ。

当日、私は、自分が持っている服の中で一番大人っぽいものをクローゼットから引っ張りだし、「クラブ」へと向かった。鞄には文庫本が大切にしまわれていた。

しかし、到着してすぐに気が付いた。照明が暗くて、本が読めない。そもそも、本を読めるような場所がない。そして何より、本の中に広がっている世界と違って、何だか大学生の健全な学園祭みたいだ。危険な感じがまったくしない。

本の中の「異世界」は、言葉でできているからあんなにも美しく完成されているのだと、間抜けな私はようやく気が付いた。本の中の異世界と、現実の光景は、そんなに簡単に接続するものではないのだ。やっとそれに気が付いた私は、「現実的な場所」である喫茶店で本を読むようになった。異世界と現実世界の乖離を楽しむことも、きっと読書の喜びの一つなのだと、思えるようになったのだ。

（二〇一六年十二月号「文學界」）

喫茶店と本能

喫茶店で仕事をするのが好きだ。家だとついだらだらしてしまうので、外で仕事をしている。手の作業が多いのでパソコンを持ち歩く必要もない。ノートと原稿を持って喫茶店に行く。

喫茶店に行くと、隣の人の会話を聞いてしまって集中できないのではないか、と聞かれることがある。考えてみると、確かに周りの声を聞いたり、何を食べているかちらりと見たりしている。けれど、そのほうがかえって集中できるのだ。

仕事部屋を借りたこともあるのだが、しんとした音のない部屋に、机とパソコンがあるだけの空間に耐えられなかった。小説を書くために整った部屋に閉じ込められている。そのことが奇妙に苦しくて、仕事部屋のあるマンションの前の道を通ることすらできなくなってしまった。人の気配が恋しくて、結局喫茶店で小説を書いていた。

隣で知らない人たちがコーヒーを飲んだり会話をしたりしていると安心するし、集中できる。たぶん、自分の脳だけしか動いていない世界が嫌なのだと思う。他の人の脳が周りで作動しているとほっとする。自分と同じだけれど違う生きものが蠢いている。そういう空間のほうが安心するのは、私の動物としての本能なのではないかと思う。

今日も、原稿を持って喫茶店に向かう。仕事部屋だったマンションの前を通ると少しだけ懐かしい。私がいた部屋に、今は違う誰かの気配がする。

（「回遊する日常」二〇一七年四月四日「朝日新聞」）

紙の宝物

子供の頃、ノートを切って四つ折りにし、ホチキスで留めて、自分だけの小さな本を作って遊ぶことが、よくあった。漫画や小説を書くこともあれば、ページの中に好きな小物のお店の紹介文や可愛い服を着た女の子の絵を並べて、自分だけの雑誌を作ったりもした。

紙と鉛筆さえあれば、遊びは無限だった。友達と一緒に暗号表を作って秘密の言葉で手紙を交換したり、互いの似顔絵を描いたり、可愛い女の子の絵を描いてそこから物語を想像したり。新聞に挟まれたチラシの中に、裏が白いものがあると、「ほら、使っていいよ」と父も母も私に渡してくれた。何枚渡されても、紙はすぐに足りなくなった。上手に描けた絵や友達がくれた大切な手紙など、捨てられない紙は増える一方だった。引き出しの中には、そんな宝物がごっそり詰まっていた。

「いらないものは捨てなさい」

と母によく叱られたが、傍目(はため)にはゴミに見えても、私には何より大切なものだった。

少しでも弄られると怒ったし、何かがなくなったら大騒ぎだった。どの「紙の宝物」も、唯一無二で、一度失くしたらもう二度と出会うことができないものたちだった。

小説を書いたのは、そんな「紙の宝物」を集め続ける毎日の延長だったと思う。友達に見せたり渡したりするのではなく、自分のためだけに、書いてみたくなった。ホチキスで留めた薄い本ではおさまらないような、もっとずっと長い物語を、紙の上に発生させたくてたまらなくなったのだ。

文房具屋さんへ行って、ルーズリーフを買った。それを挟むファイルは子供には高級品だったので、紙だけを買った。小学校で使っている可愛らしい表紙のノートと違って、シンプルな白い紙だった。私にはビニール袋の中にごっそりと入った紙の束が、書きたい物語を無限に綴っていくことができる、魔法のノートのように感じられた。

小学校六年生くらいの頃、ワープロを手に入れてからは、「紙の宝物」は引き出しの中には納まりきらなくなっていた。それらは袋に入れられ、本棚の中に押し込められた。母は呆(あき)れていたが、未完だろうが何だろうが、自分の作った物語を捨てることはできなかった。主人公の顔や着ている服装を絵に描く癖は子供の頃からで、それらが描かれた紙も大量にあった。テストの問題用紙の裏側だろうが、ルーズリーフの切れ端だろうが、そこにとても上手に主人公の顔が描けていたら、それを捨てるなんて残酷なことは決してできなかった。

私が育った家にはまだ、私の子供時代の「紙の宝物」が眠っている。誰かに読まれたらとてつもなく恥ずかしいが、決して捨てることはできないだろう。大人になった今も、「紙の宝物」は増えていく一方だ。それに埋もれながら生きていることが、自分の幸福なのだと思う。だからきっとこれからも、宝物を集め続けるのだ。

（「紙と私」二〇一七年五月四日・十一日号「週刊文春」）

発光する夜

家の灯りに囲まれて暮らしていた。

私が子供時代に住んでいた街はニュータウンで、建て売りの一軒家しかなかった。部屋の中から見える窓も習字の帰り道を歩いている時に通り過ぎる窓も、ぜんぶ「家族」が灯している窓だった。

私は、その窓の灯りがあまり好きではなかった。耳元でそっと「どうですか、あたたかいでしょう?」と言われているみたいで薄気味悪いのだ。明るく光る窓の中から、子供の笑い声やテレビの音が微かに聞こえ、夕飯の匂いが漂い、その中で「家族」が暮らしているのだった。「家族」が暮らす隣りの窓も「家族」、その向こうも「家族」、「ひとり」はどこにもいなかった。光の中にいるのは「家族」という生きものなのだった。わたしはそれが、なんだか怖かった。

子供の頃から、深夜まで小説を書くことがよくあった。夜中に窓の外を見ると、そこに並ぶ窓はもうほとんど灯っていなかった。健全な「家族」たちは眠りについているのだった。暗い窓を見ると、ほっとした。今は、「家族」という奇妙な生き物ではなく、一人一人切断された人間たちの時間なのだと思った。

高校へ入ると同時に、東京へ引っ越してきた。そこはビジネス街のど真ん中だった。灰色と白の背の高いビルが立ち並び、どの窓も夜遅くまで光っていた。窓からいくら眺めても、光の奥に誰がいるのかわからなかった。

深夜になっても、光は消えなかった。整然と並ぶ光は「家族」の窓とは違う意味で奇妙だった。その窓の中で人が働いているのか、誰もいないのか、人影が見えてもそれが年老いた人間なのか、自分と同じくらいの年齢の人物なのか、さっぱり伝わってこないのだった。

大学を出て、そのまま東京に住みついた。灯りが消えない街に慣れ、昼より夜のほうが眩しいと思うことに違和感がなくなった。私自身も東京の光の一つになって仕事をするようになった。深夜、自宅のパソコンデスクで、または喫茶店やファミレスで、黙々と小説を書くのが自分の日常になった。

深夜のファミレスの向こうのテーブルではカップルが深刻な顔で何かを話していて、その隣では終電を逃した学生が眠そうに雑談している。目の前では会社員風の男性がパソコンに向かっており、私はノートを開いて小説を書いている。どんな関係なのかわからない人たちや、何をしているのか読み取れない人たちもたくさんいて、それが好奇な目で見られることのない空間だ。光の中で私たちは混沌(こんとん)としている。

店の中で突然怒鳴る人がいても、皆、たいして動じることはなく、時間は流れていく。私たちがいくら光を汚しても、窓から見える四角い光は変わらない。そのことが不思議と心地よいのだった。

ファミレスでの仕事を終え、店を出て深夜に外を歩くと、街全体が光っているのを感じる。いつの間にか、「家族」でもなければ、切断された「ひとり」でもない、大きな生きものの一部になっている。自分の足音や呼吸が、光にまみれた騒がしい「夜」を構成している。「家族」よりずっと混沌とした化け物の部品になっているのに、私はなぜかそのことに安堵している。

家に帰り、再びパソコンを点けて小説を書く。夜はまだ続いている。窓の外でも正体不明の光がたくさん光っている。闇より光の量が多い夜の中で、子供時代と同じように、発光する画面に向かってキーボードを叩き続けている。

（二〇一七年六月号「ブレーン」）

韓国版『コンビニ人間』序文

　韓国のみなさん、こんにちは。村田沙耶香です。『コンビニ人間』が韓国語に翻訳されることになり、とてもうれしいです。この作品の舞台は、日本の小さなコンビニエンスストアです。コンビニエンスストアという小さな世界の物語が、韓国の言葉に訳されて、そこで暮らすみなさんの手に渡ることを、奇跡のように素晴らしい出来事だと感じています。

　私自身も、大学二年生のころ、家のそばにあるコンビニエンスストアでアルバイトをしたことがありました。そのお店には海外のアルバイトさんもたくさんいらっしゃいました。スージンさんという韓国の素敵な女性のことを、特に印象的に覚えています。

　スージンさんはショートカットの、背が高い美しい女性で、明るくてよく笑う、とても素敵な女性でした。お店の皆が彼女のことを大好きでした。

　スージンさんは「日本のキムチ鍋は不味い。皆に美味しいのを食べさせてあげる」

とお店の皆を家に招いて、家から送ってもらったというレシピを見ながらとても美味しいキムチ鍋を作ってくれたり、「日本語と韓国語は文法が同じだから簡単だよ」と単語を教えてくれたり、皆の素敵なお姉さんのような存在でした。私も彼女が大好きで、彼女と一緒に勤務する日は特に仕事が楽しかったです。

ある日、スージンさんがお店の中で熱心に何かを書いていたことがありました。そろそろ休憩の時間だったので、彼女に声をかけると、スージンさんはぱっとこちらを振り向き、恥ずかしそうに、

「ムラタ、見た?」

と言いました。私は、

「ごめんなさい、ちらっと見えたけれど、韓国の言葉だから私には読めなかったよ」

と言いました。スージンさんは、

「そうか、そうだよね。ムラタといつも働いてるから忘れてた」

と、笑って、手元の紙を見せてくれました。そしてスージンさんは、そっと、それが恋人にあてたラブレターであることを教えてくれました。私は彼女が見せてくれたハングルの文字が、彼女の愛情を綴ったものだということに、なんだか感動していました。彼女が描いたハングルの文字は、とても神秘的な、美しいものに見えました。

あれから十八年ほど年月が経ちました。皆で働いたお店は閉店になってしまい、スージンさんは留学を終えて韓国で恋人と結婚したと誰かが教えてくれました。

そして今、私が書いた作品が、あのときスージンさんが見せてくれたのと同じ、ハングルの文字になって、本として出版されることが、とても感動的なことだと感じています。

韓国のみなさんにも、そしてもしかしたらスージンさんにも、この本を手に取っていただけたら、とてもうれしいです。この作品が翻訳出版されるために力になってくれた沢山の方々に、心からお礼をお伝えしたいです。

近い未来に、私自身も韓国を訪れて、この本を作ってくださった方や読んでくださった方に直接お礼を言えるよう願っています。本当にありがとうございました。

（二〇一六年十一月・サルリム）

新しく食べた本について

『三の隣は五号室』長嶋有（中公文庫）

「前の人」という不思議な言葉を、口にしたり、耳にしたりすることがある。賃貸で部屋を借りている人は（自分が最初の一人でない限りは）、とても自然に、この言葉を使う。

「ああそれ、前の人が残していったカーテンなの。変な柄で嫌なんだけどね」

とか、

「前の人が置いていった物干し竿、台が低くて使いにくいんだよなあ」

とか、会ったことのないその人を、まるで良く知っているかのように言う。

「見てこれ、前の人がドアのこんなところに釘を打っちゃったの。どうしても抜けなくて、苛々するなあ！」

こんな風に、会ったこともない「前の人」を憎み続けている友達もいる。もしかしたらそれは「前の前の前の人」の仕業かもしれないのだが、とにかく、顔も知らないのにふとした瞬間に、奇妙に生々しくその存在を感じる「前の人」。私にも郵便物が届いて名前を知っている「前の人」がいて、おそらく比較的若い男性だろうと、顔まで朧気に浮かんでいる。その人のことを、ふとしたときに思い出す。「あ、前の人も、台所の蛍光灯をLEDにしようとして挫折してる」などと、その人の残像と暮らしているような、不思議な感情が湧き上がる瞬間がある。

私も前の仕事部屋を引き払ってここを借りたので、誰かの「前の人」なわけだが、なぜだかその意識は薄い。だが今も、私が以前借りていた部屋では、私の残像を「前の人」と呼んでいる人が、きっといるのだろう。

この本は、そんな、口にしたことがないけれどよく知っている感情の向こう側にある世界を見せられるような、とても不思議な本だ。最初に読んだとき、小説とは、こんなことが可能なものだったのかと、息を呑んだ。何度読んでも、その驚きは色あせることなく、むしろ強まっているような気すらする。

ここからは、ネタバレを含むので、どうかこの小説を存分に楽しんで読み終えてからページを捲ってほしい。

物語は、第一藤岡荘の五号室を借りた歴代住民の一人である三輪密人が、引っ越しの日に「変な間取りだ」と思う場面から始まる。四元志郎、五十嵐五郎、六原睦郎・

豊子夫妻、七瀬奈々……時を超えて、この部屋に住んだ人物が現れては消え、しかし「第一藤岡荘に住み始めた」ということだけを共有している。とても不思議な構造だと思う。

メモをとりながら本を読むと、一九六六年に住み始めた藤岡一平から、二〇一六年までこの部屋に住んだ諸木十三まで、十三世帯（一人暮らしをする住民が多いのだが、家族や友人と生活を共にした人もいるのでこの表記にする）が第一藤岡荘五号室で暮らしたのだということがわかる。

五十年という歳月と、十三世帯、子供や配偶者、友人を合わせると十七人の住民。これだけ聞くと、反射的に、「簡単に懐かしい」気持ちになってしまう人も多いかもしれない。けれど、この物語は決してそれだけではなく、もっと身近な奇妙さを感じさせる。

「身近な奇妙さ」とは変な言葉だが、そうとしか形容しようがない。日常の破片が、実は破片ではないことに気付かされるのだ。

子供の頃、今飲んでいる水の一滴が、本当は一滴ではなく、大きな海と繋がっていると、ふと想像したことがある人は多いのではないだろうか。今水道の蛇口から出てくる水は、少し前は雲だったかもしれない、誰かの体液だったかもしれない、ここにある一滴は本当はただの一滴ではないことを不意に思い出し、奇妙で、それなのに当然だと思いながら飲み込む。この本を読んだとき、日常の「ささやか」と呼んでいた瞬間に対して、同じような気持ちになった。

〈生きていて「なにも起こらない」なんてことは、本当はない。〉

霜月未苗の呟きが、読者の体の中にすとんと落ちてくる。「今日、なにもなかったな」と思っていた日常や景色が、長い時の流れや世界と繋がっていく。元から存在していたことに気が付いたというだけなのに、その平凡な奇跡は、日常が切断されたものではなく、接続されているということを知らせ、読者から見える景色の意味を静かに変えてしまう。

この小説にあまり大袈裟な言葉は使いたくないが、読者にそう感じさせるということは、本当に、平凡な奇跡としか言いようがない。その奇跡はとても淡々と起こる。私はこの本が、本当はとてつもないことを起こしているのに、ただの物体として（この小説を読むと、本も、物語が刻まれてはいるが、それ以上に物体であると強く感じる）存在していることが、なんだか怖くすらあるのだ。

そういう奇跡を実現させたのは、この作品の不思議な構造によるところも大きいと思う。この小説の中では、十三世帯の登場人物が、歳月の流れを感じさせながらも、同時に存在している。

例えば、雨の音。十畑保が「なんと立派な雨だれだ」と呟いた雨の音を、時を超えて、他の住民も聞いている。二瓶夫妻の息子、環太は「雨が降っていると五号室が建物ではない、乗り物のような気がした」と思う。

または、蛇口。「こんな古い家に似合わず」にレバー式であると七瀬奈々が感じた蛇口が、かつて回転式だったことがわかり、台所の引き出しの中から蛇口を発見した四元志郎は「拳銃のようだ」と妙に印象深く思う。

エアコン、ブレーカー、床のへこみ、お風呂の栓、いろいろなものを、時を超えながら住民たちが共有している。その描写を読んでいると、自分が「日常」と呼んでいる景色が、優しいナイフで切り開かれていき、読者である私はその内部に「本当はあるもの」を見せられているような気持ちになり、はっとさせられる。ここにあるのはファンタジーではなく、私たちの身近に、「本当はずっとある」奇妙さなのだ。

音や物体だけではなく、当然ながらその周辺には「文化」がある。第一藤岡荘五号室の中で、文化はゆっくりと変化している。例えば先にあげた蛇口で言えば、七瀬奈々が古い家には似合わないと思った蛇口は二瓶文子にとってはこだわりのものであったし、十畑保はレバーを下にさげると水が出るのを見て、「今は逆だ」と思う。そして彼らが持つ機器も変化する。諸木十三は障子紙の張り替えをスマートフォンの動画を見ながら行う。九重久美子はPHSの、霜月未苗は携帯電話の電波を求め、窓際で機器を見張る。

そしてテレビから流れてくるドラマ、CMの声、「キムタク」という存在の変化。諸木十三が〈世間は画期的には切り替わらない。徐々になのか段階的になのか、とにかく「気付けば移り変わっている」。〉というように、ある日突然革命が起きるわけではない。けれど、「今」は変化し続けているし、その周りには文化がある。「私、テレビも見ないし、音楽も聞かないし、本も読みません」という人の日常にも、文化は確実に宿っている。九重(ここのえ)久美子が思うように、〈人は生きているとただそれだけで、知らないうちに思った以上に「生きている」。〉のだ。

この本は、読者の眼差(まなざ)しの距離を延ばす。「なんでもない日」と呼んでいた日常の破片の向こう側に広がっている世界へと、感覚が拡張していく。第一藤岡荘の第五号室の五十年間をじっと見つめているうちに、奇妙な想像に襲われる。この星自体が、第一藤岡荘五号室なのではないか、という想像だ。私たちは入れ替わり、ゆっくり変化しながら、これからも何千年も過ごしていく。それは特別なことではなく、私たちの人生に等しく宿っている、平凡な奇跡なのだと、この小説は教えてくれるのだ。

（二〇一九年十二月・中公文庫「解説」）

私の偏愛書

『異邦人』アルベール・カミュ著、窪田啓作訳（新潮文庫）

外国の本屋さんに行くと、なんとなく探す本がある。カミュの『異邦人』だ。

この本を初めて読んだのは、大学生のころだった。初めて読んだとき、完璧な小説、という奇妙な言葉が頭の中に浮かんだのを覚えている。完璧な小説。今の自分の考え方からすると薄気味悪い言葉だが、物語の中の全ての言葉、摩擦、違和感が、完全な形へと降り積もっていく様相が、その言葉になって頭の中から湧き出てきた。十字架を一度見たらもう違う形が全く想像つかないだとか、そういう気持ちに近かった。

こんなに完璧な小説が存在している世界に来てしまったと、私は、とても高揚した。薄くてきれいな本だった。とても大切に扱っていたが、だんだんと色がついて、古本の匂いがするようになった。帯のことも本屋さんがかけてくれたカバーのことも愛しており、家の外では読まないようにしていたのだが、本棚の前で正座して何度も読むうちに本体以外はどこかへ紛れてしまい、どうしても見つけることができない。

大学生のころ、部屋の中に真っ黒な本棚を置き、自分にとって特別な本を並べていた。それまで外国文学を読むことがあまりなかったので、日本人の名前の間に並ぶカタカナの「カミュ」が新鮮だった。私にはカタカナの「カミュ」は佇まいがシュッとして姿勢が良く神経質そうに見えた。

読み返すたび、この本は私の中で形を変えていったように思う。私は何回か、熱心にこの本について語り、そのたびに、「村田さんが話すと違う本に思える」と言われた。だからもしかしたら、カミュにとっていい読者ではないのかもしれない。

ニューヨークとロンドンで、英語の『異邦人』を買った。英語なら、少しは読めるのではないかと期待したのだ。英語の先生に、授業で英語の本を読むのはどうかと提案され、そのときもこの作品を選んだ。私の英語の能力があまりにないため、あんなに読んだ本なのにさっぱりわからず、ママンのお葬式が永遠に続く恐ろしい空間の中に閉じ込められた。先生が、「もっと簡単な本にしましょうか」と言ってくれなければ、まだそこにいたと思う。

本当に本を愛するとき、その作品は、読んだ人間の体の中で咲いてしまうのだと思う。それが、他の人から見たら変な花だったり、見たこともない花だったりしても、間違っているということはない。そう自分を慰めながら、茶色くなった一冊目の『異邦人』をそっと撫でている。

（二〇二〇年一月号「すばる」）

愛している本のこと

『犬身』松浦理英子（朝日文庫）

二十代の頃、私はたぶん、とても苦しかった。表面上は幸福だった。友人に恵まれ、恋人もいた。けれど、わかりやすい幸せというパッケージの中に、いつも言語化できない違和感があった。

『犬身』は、そういう私にとっての救いの本だった。「自分は犬のはずなのに、どうして人間の姿で生きているのか」と子供のころから思っていた房恵は、不思議な契約をすることで、本当に犬になる。そのことにも驚いたが、何より、彼女の自身への誠実さに打たれた。「犬に向かい合った時、わたしはいちばん穏やかで安定した好ましいものになる。わたしの中のいい要素を犬が惹(ひ)き出して拡大してくれる。」作中人物の梓(あずさ)が房恵に言った言葉が、読んでいる私の身体の中に飛び込んできたときの感覚を忘れることができない。犬ではないけれど、私にもそういう存在があった。けれどそれを、自分の人生の中心に据えて生きていいのだということを、私はこの作品に会うまで知らなかった。

この作品を読んでいなかったら、私は「パッケージの幸せ」に支配されて生きていたかもしれない。二十代にこの本に出合えたことは、確実に自分を変えたと思う。大切な一冊である。

（「いま再読したい『私を変えた一冊』」二〇二〇年十月号「群像」）

誠実で真摯な先輩

島本さんと初めて会ったのは、私が応募した作品が群像新人文学賞の優秀作になり、その授賞式へ行ったときだった。

お会いする前から、私は島本さんの作品が好きだった。なので、会場に島本さんの姿を見つけたとき、とても緊張したのを覚えている。島本さんは、受賞者の作品を全部読んでいて、一人一人と丁寧に話をしていた。私の作品についても、誠実な感想を述べてくださった。選考委員の方々と同時に受賞した方々以外で、作家として初めて自分と話をしてくれた作家、それが島本理生さんだった。

それからも、島本さんの本が出ると買って読み、自分が通う文学学校で感想を言い合った。学校の女性が、

「なんでこの人の文章って、読んでいてこんなに心地いいんだと思う？」

と言ったのをよく覚えている。ちょうど、『ナラタージュ』の感想を言い合っていた時だった。

そのとき私は、

「妥協がなくて誠実だから、じゃないでしょうか。私、ここの句読点、すごく好きなんです」

と答えたと記憶している。その答えが正しいのかどうか、今でもわからない。ただ、読み手にそんなふうに思わせる言葉を真摯に紡ぐ島本さんのことを、私はとても尊敬していた。

友達としての島本さんと出会ったのは、授賞式から何年も経った春、友人の作家の女性の家で開かれたお花見の席だった。そのときも、あ、島本理生さんだ、と胸が高鳴ったのを覚えている。好きな作品の感想を伝えたかったが、プライベートの時間に単なるファンのようなことを言っては申し訳ないのではないか、と我慢した。

それから島本さんとは、いろいろな集まりでたくさんお酒を飲んだ。友達としての島本さんは、とても面白く、お酒が強く、そして優しかった。誰かが傷ついていたり、緊張していたりすると、島本さんはすぐに気が付いて、あたたかい言葉をかける。作家としてだけではなく、人間としても好きだなあと、一緒に飲むたびに思った。

島本さんが直木賞を受賞した日、私は新宿で原稿を書いていた。友達からそのニュースが飛び込んできて、私は喫茶店で泣いた。何で私が泣くんだと笑われてしまいそうだが、島本さんが今まで紡いできた作品の言葉の数々が、どっと自分の中に蘇ってきて、あの言葉たちがこれからもっと遠くまで届くのだと思うと、どうしても涙が出てくるのだった。

編集さんに二次会の場所を教えてもらい、タクシーで駆けつけた。お店に作家や編集さんがどんどん集まってきて、島本さんが今までの作家人生で関わった人たちがこんなにいて、こんなに愛されているのだと感じて、また泣きそうになった。その夜、直接お祝いを伝えることができて、私は本当にうれしかった。この気持ちをどうやって伝えればいいのかわからず、酒ばかりすすみ、その夜は飲みすぎてしまった。

受賞作の『ファーストラヴ』を読んだ日は眠れず、翌日の昼まで目が冴えていた。この世界の全ての痛みについて考えたいと思った。私にとってはそう思わせる作品だった。激情が襲ってきて、いくら思考しても言葉が気持ちに追いつかなかった。何度も本を開いて同じ場面を読み返し、「痛み」のことを考えていた。

直接伝えたことはないが、私はデビューしてからずっと、島本さんのことを尊敬している。小説に対する真摯な姿勢や、妥協のなさを見て、自分も、島本さんのように誠実でありたいと思い続けてきた。だから、こうしてお祝いエッセイを書かせて頂くのにも、少し緊張している。決して嘘のない、誠実な言葉でなければいけないと、特に強く感じるからだ。年齢は自分の方が重ねていても、友達としての時間をいくら過ごしても、私にとっては、ずっと尊敬する先輩なのだと思う。その先輩に、こうしてお祝いを伝えることができることを、心から光栄に思っている。

（二〇一八年九月号「オール讀物」）

UK版『幼児狩り』（河野多恵子著）序文

誰しもが、心の中に王国を持っている。

そんな風に考えるようになったのは、あるとき、私がある作家さんに、つい、私自身が幼少期から決して誰にも漏らさないよう用心しながら、心の中に創り上げた秘密の世界について、つい言葉を零してしまったときだった。私は緊張して全身が痺れたが、年上の作家の男性は、笑いもせず、驚きもせず、

「そういえば僕の友人の音楽家が、『僕の中には王国がある』と言っていたな」

と呟いた。

外側からみてどんなに「普通」の人間であっても、その内側にどんな王国が広がっているかはわからない。そのときから、漠然とそう感じるようになった。

「幼児狩り」は、ある女性の「王国」をこれ以上ないくらいに鮮烈に描き出した物語だと思う。この小説を読んでいると、危うい精神世界の解剖手術を鮮明に見つめているような気持ちにさせられる。ただ不穏なのではなく、人間の普遍的な内面世界の謎

を突きつけられている気持ちになる。王国は彼女の精神世界の中で静かに揺るぎなく構築され、まるで危険な音楽のように奏でられている。とても短い小説であるのに、読んだ人間には、その音楽の音色が刻まれ、激しく揺さぶられる。

主人公の女性は三十歳ほどで、三歳から十歳くらいまでの女の子ほど嫌いなものはない。一方で、同じその時期の男の子が格別好きであり、渡す相手もいないのに子供服を買ってしまうほどである。彼女は幼い男の子を心の中でずっと愛（め）でている。彼女の「夢想の世界」では、男性が折檻（せっかん）し、男の子の身体からは内臓が零れる。情報だけ聞けば、ぞっとして、顔を背け、胸を押さえて蹲（うずくま）りたくなるような、恐ろしい彼女の「夢想の世界」。けれど、その押さえた胸の内側にもまた、その人間だけの王国が広がっていることを、同時に突き付けられる。この小説が読者に与える不穏と不安からは、本を閉じても逃れることができない。

晶子はいう。

「晶子にとっては、小さい男の子のいるところ、いつも限りない健康な世界があるのだった。自分を清め、還元してくれるような気がする」

胸の中に創り上げた、健康な世界。それはいくら恐ろしくても、外からは見ることができない。彼女だけが知っている。彼女の非現実な王国の外には、現実世界が広がっている。どちらの世界も危うく、晶子はその境界線の上にいる。

不穏だけれど官能的な世界を創り上げているのは、晶子の眼差しから見える光景の描写が持つ、言葉の力だ。河野多恵子という作家の言葉の力ではない方法で、この小説の中の出来事を羅列しても、ここまで読者をかき乱すことはないだろう。晶子という人物の眼差しが見ているものを丹念に描写することで、情報だけでいえば穏やかなはずの光景が、鮮烈な倒錯になる。

描写の力で、全ての人間の内側に存在している普遍的な偏執の世界へ、あっという間に引き摺り込まれる。この小説は、読み終えた後もずっと、読んだ人間の心を引っ掻き続ける。

言葉が重なり、世界が重なり、読者の現実世界まで揺さぶり、かき乱す。一九六一年に雑誌に掲載されたこの小説は、現代でもまったく色褪せず鮮烈なままだ。紡がれた「言葉」が持っている力も、まったく弱まることがない。その力は、読んでいる人間をぞっとさせるかもしれない。けれど、その力から目を背けることは絶対にできない。読者の内面に焼き付けられる。

この不穏さを、私は人間の普遍だと思う。小説に不安を与えられ、揺さぶられ、かき乱されることは、苦しくもあるが、読書の喜びでもある。この作品は、そういう、恐ろしい読書体験を与えてくれるものである。

（二〇一一年四月『TODDLER-HUNTING AND OTHER STORIES』）

「西加奈子と仲良くするのをやめろ」

と直接言われたことが、三回ある。

そう仰った方たちのうち、お二人は大好きな編集者の女性で、もうお一人は小説家の男性だった。

編集者さんとはそれぞれ仲が良く、二人とも、お酒が進んで泥酔しているときにそのように仰った。

「村田さん、なんで西加奈子とつるむんですか」

一人の編集者さんは深夜、私の手を強く握りながら吐き出すように言った。

「え、なんでですか、なぜでしょうか」

と何度か尋ねたが、かなりお酒に酔っていらした様子で、「なぜつるむんですか」と繰り返すだけで、理由は聞けなかった。

もう一人の編集者さんも、同じような状況だった。二人で昼間にランチをし、ワインを注文した。私がお酌をしすぎたせいか、昼酒のせいか、とても酔ってしまい、「なんで西さんと仲良くするんですか」と急に吐露したのだった。

小説家の男性は、お酒は召し上がっていなかった。パーティーでお目にかかって挨拶をしたときに、彼は冗談っぽく言った。

「最近、女性作家たちが妙に仲良くしてるでしょう。西加奈子のせいだ。西加奈子は俺の敵だ。村田さんも西加奈子と付き合うのはやめたほうがいい」

私はその方も、その方の作品も尊敬していたのでショックだったが、理由を尋ねる前に、彼が少し笑いながら、わざと吐き捨てるような言い方で、

「女同士べたべたしやがって、レズかよ」

と言ったため、その差別的な言葉に対して頭が真っ白になってしまった。呆然と立っているのがやっとで、殴られたような感覚のまま、何も言うことができなかった。

その方の作品も、またその方自身がおそらく小説に抱いている美学も私にはとても尊敬できるもので、その方にしてみればおそらく親切から出た言葉だということも、（差別の言い訳にはならないが）なんとなく認識できた。陰口ではなく直接言われたからこそ、差別的言動にしっかりと向き合い、自分の言葉で真摯に議論するべきだったのではないか、と反省している。けれど、そのときの私には難しかった。こうして

無自覚な差別を見逃すことでいろいろなことに加担してしまっている自分については、話が逸れるのでまた別の機会に述べたい。

三人とも西加奈子の名前を挙げてはいるが、別に彼女のことが人間関係的な意味で嫌いだというわけではなく、むしろ話をしたことがない様子の人もいた。けれどこそって彼女の名前を挙げ、仲良くするのをやめるように言う言葉の端々から、「なぜなら、それは、小説家の堕落だから」という意識が感じられた。

小説家と小説家が仲良くするのは堕落だ。

はっきりと言われたわけではないが、私は三人からそういうメッセージを受け取った。

あえて冒頭に「直接」と書いたのは、間接的に「あの人が、西加奈子と仲良くするなって言ってたよ」と教えてもらったり、または文章で批判している方がいるから読んだほうがいいよ、とメールでリンクを送ってもらったりした経験も、それなりの回数あるからだ。私のところに届く言葉はごく一部で、実際にはもっとたくさんの人が、「西加奈子とその仲間たち」に見える集団を、忌むべきもの、醜悪なもの、と感じていることは、把握していた。

それを私に直接言った人も、私にとっては尊敬している大切な方だし、間接的に批判している人も、私が一方的に大好きで、自分の小説の糧になる言葉をくださる方や、敬愛している方が多かった。だからこそ、「小説家と小説家が仲良くするのは堕落だ」というメッセージは、私にとって重く響いた。

一方で、「それがなぜなのか」を説明してもらう機会はあまりなかったので、興味があった。私は、本当に小説にとって足枷となるなら、小説家の自分は、それが人間の自分にとって大切なものでも切り捨てなければいけない、と子供のころから思っていた。でも、さすがに、「たくさんの尊敬する人がそう言っているから」ということだけを根拠にするわけにはいかなかったので、なぜなのか、理由を聞いてみたいといつも思っていた。

二人の編集者さんは仲がいい人だったので、次の機会に飲んだときに、改めてお尋ねした。しかし二人とも、二回目のときにはそこまで泥酔しておらず、私が妙に真剣なので、お一人は、「気にしないでください、酔ってただけです。これからも西さんと仲良くしてください」と背中を撫でてくれた。

ワインを一緒に飲んだ編集者さんは、「もっと私とも遊んでほしくて嫉妬しちゃったのと、編集者がいない場所で作家が仲良くしていると、悪口を言われてるんじゃないかな、なんて変な想像をしちゃっただけなんです。気にしないで、これからも仲良くして」と言った。私は直観でそれは優しい嘘だと思ったが、大好きな編集さんが私を気遣って言ってくれているのがわかったので、それ以上その話はしなかった。もう一度二人だけで会えたときにゆっくり話したい、と思っていたが、その機会が訪れる前に彼女は病気で亡くなってしまった。私は、彼女の形見のブレスレットを見つめながら、「なんで西さんと仲良くするんですか」という言葉を、まるで彼女の遺言のように思い出すようになった。

小説家の男性には、個人的にお会いする機会がまだないのでお聞きできていないが、差別的発言をする側面と親切な側面が両方ある方なので、いつか機会があるときにゆっくりお話を聞いてみたいと、(多分、きちんとした意見と言葉を持ってらっしゃる方であるはずだと)思っている。

直接聞いても原因がわからなかったので、自分でもいろいろ考えてみた。

ごく単純に考えると、すぐに頭に浮かぶのは、「どうせ、ベタベタお互いの小説を褒め合って堕落しているのだろう」という想像がいろいろな人の頭の中にあるのかもしれない、ということだ。実際には、彼女は小説に対してかなり手厳しい側面があるのと、彼女と会って話すのは、そもそもいつもくだらない話ばかりで、文学の話を全くしていないことが多いので(それはそれでひどい堕落である気もするが)、特に薄気味悪く褒め合っているような経験はないように思う。

「西加奈子と仲がいい」ということに対して、「堕落だ、彼女とつるむべきではない」という人と、「その友人関係は使える」という人に分かれるのも興味深かった。編集者さんの多くが、「西加奈子と仲がいい＝使える」と判断する様子で、それはお仕事としては正しいのだと理解しつつも、大きな違和感があった。彼女は商業的に「使える」から、「お友達の西加奈子さんに帯を書いてもらえませんか」と提案される場面はたくさんあった。「お友達だから、ではなく、その作品だから」という理由があるとき以外はなるべく断るようにしていたが、いつの間にかそうなっていたこともあったし、違う方を提案しても、「それでは商売にならないので、こちらで他の人を考えます」と言われてしまうこともあった。なるべく誠実であろうとしたつもりだが、彼女が本気で言葉をくれたことがある作品に関しては、容認してしまった。なので、ある種私は彼女を利用してしまった場面もあったはずで、それが「堕落だ」と言われれば本当にその通りだな、とも思う。奇妙なことだが、「堕落だ」という人のほうが、古風なスタイルの文学好きの性質を持っていて、自分と意見が近いような気がする側面も、こうして考えるとあるのだった。

気になるのは、彼女と仲良くすることを堕落だとする人、彼女の存在を「使える」

と感じる人の両方が、「西加奈子」と具体的に、彼女の名前だけを挙げることだった。私には小説家の友人が他にもいるが、その友人関係について何か言われたことはない。「西加奈子」は、一般的に見て人気のある作家、というだけではなく、何かの強いイメージを人に与え、妄想を駆り立てる存在なのかもしれなかった。

このことについては正直、今も真剣に悩み続けており、数人の信頼できる方に、「小説家と小説家が仲良くするのは堕落なのでしょうか」と相談した。私は堕落するのが怖かった。けれど、彼女を愛していたので、彼女を失わず、堕落もしない方法を模索したかった。

多くの人が、「そんなことないですよ」と、うわべの意見をくださったが、お一人が、「小説家が集まる場所に編集者がいない、ということは今までになかった、それが異質なのだと思う」と仰った。それは、「仕事になっていかない」「小説になっていかない」ということなのだと思う。なるほどと思う反面、「愛する人間と言葉を交わし、時間を過ごすことは、小説家にとって物凄く必要なことで、それは直接仕事にならなくても、絶対に小説を豊かにする」という気持ちが翻ることはなかった。私は彼女と出会うまで、小説にとって必要ないものを切り捨てる人間だった。小説家になった時点で、誰のことも裏切る覚悟だった。けれど、誰かと愛し合うことも、小説にとって必要だと知ったのは、彼女の存在のせいだった。

友愛という感情は、例えば激しい恋愛関係だとか、人の胸を打つような師弟関係などとは違って、軽く見られてしまうことが多い。けれど、それは恋愛と同じく、簡単に後戻りできるものではない。一度、友愛関係に陥った相手に対し、容易(たやす)くその感情を削除することは不可能だ。そのうえ、西加奈子のことを、私は、人間としてだけでなく、小説家としても強く欲していた。彼女はとても珍しく、自分の「小説の部分」を揺さぶる人なのだった。

私には子供のころから、身体(からだ)の中に「小説の部分」と呼んでいる場所がある。子供のころは、その部分を決して人に見せなかった。子供時代は、それこそ惰性や人間関係で褒めてくれる友人ばかりだったからだ。友人には見せる用の小説を書き、「本当の小説」は隠し続け、「小説の部分」は決して誰にも触らせなかった。その反動だろうか、文学学校でお会いした人や、小説家としてデビューして知り合った編集さんたちが、いろいろな形、いろいろな言葉で、「小説の部分」に触れてくれるのが嬉(うれ)しくてしょうがなかった。依存症といってもよかった。ぼろぼろに傷つく言葉も、しんみりと何か大切な塊を受け取らせてくれる言葉も、餓鬼のように食べた。

西加奈子は、そういう、「文壇」の匂いを感じさせる場所での静かなやりとりとはまったく別の方法で、私の「小説の部分」を揺さぶる人だった。

彼女は酔うといろいろな言葉を吐く。愛の言葉が多かった。だから、そういう彼女を見て、「きれいごとを言っている」というような印象を持つ人もいるかもしれない。人は、汚いものを本音だと信じやすいと私は思っていて、本心で清らかなことを言っている人間はそれがいくら本音でも、鼻で笑われたり嘘つきだ、偽善者だ、と嫌悪されてしまうことがある。

一方で、彼女を愛する人は、彼女を愛情深い人だと感動するだろう（私も、人間としては、彼女に対してそういう気持ちを一応持っている）。

けれど、だんだんと気が付いたのだった。彼女こそ、本当の餓鬼なのだった。私よりずっと飢えた化け物なのだった。

私は、彼女の化け物性に、強く惹かれるようになった。

化け物といっても、彼女が本当は言葉を偽っているとか、隠れた恐ろしい側面があるとか、そういうわけではない。いつでも本気で人間を愛している。だからこそ恐ろしいのだった。彼女は、愛するというやり方で、人間を、世界を、食べている。そういう妖怪なのだった。

小説家は観察する生きものだ、と思っている人がよくいる。西加奈子は、愛することで人間を咀嚼し、「観察」よりずっと深い部分まで、嚙み砕いて吸収している。私からは彼女は天然で、無自覚であるように見えるが、そのほうが「小説家として観察」しようとしている人より、ずっと恐ろしいと感じた。

彼女の異常なほどの無垢さには、いつも打ち砕かれた。こんなに純粋なまま生きている生きものがいるということが、怖くなるくらいだった。彼女は私に「さやかはそんなんでよく今まで生きてこられたなあ」と言うことがあるが、その言葉を、そのまま送り返したい。彼女に比べれば私はずっと人間だし、あれほど無垢なまま生きることがどれほど壮絶か、想像しただけで苦しくなる。しかし、「化け物」としては、彼女ほど信頼できる存在はいなかった。

西加奈子の吐き出す言葉は、言葉ではなく波動だ、と思うことがある。言葉の周りに激しい風圧がある。それを感じると、私は、一枚剝がれるのだった。いかにも人間っぽく振る舞っている皮を剝がされ、自分も化け物化させられる。彼女の前では、人間ではないオリジナルの生きものにならざるを得ないのだった。

人間ではない形にさせられて、さんざん波動と風圧を浴びる。小説と全く関係のない話をしているのに、彼女と語り合っていると私はいつもそうなった。そのことに、私の「小説の部分」は今までにない反応をみせた。特に小説の話をしたわけではないのに、彼女と会うと異常に小説が書きたくなり、頭の中に様々なシーンや情景が溢れて、吐くようにノートに向かわなければならなかった。何がこんなに自分の中の「小説」を誘発するのかと怖かったが、同時に、常に彼女に飢えるようになった。

私は彼女のことをよく徹夜で考える。明け方うとうとして、昼に目を覚ましたら、iPhoneのメモ帳に「文壇イメクラ」という謎の言葉が綴ってあり、ぞっとしたことがある。私が今まで感動して受け取っていた大切な出来事や言葉は「文壇イメージプレイ」に過ぎなかったのではないか、それこそ堕落だったのではないか、と、そんなことまで考えるようになっていたのだった。彼女はそこまでの苦しい「問い」を私から引きずり出した。彼女の異常な純粋さは、私の深い部分を殴った。

今は何度か自分の中で整理をして、そんなことはない、私が「文壇」と呼ばれる世界から受け取ったもの、それはそれで自分にとって宝物であり大切な出来事だ、と思っている。けれど、そんな言葉を自分から引き出す、生身の化け物である彼女の存在が、改めて衝撃だった。

彼女は会って五分であっという間に私を人間ではない生きものにしてしまう。冗談を言って、愛情を深く交わしているようで、ふと振り向くと、愛で人間を食べている。異常なほど奥底まで人間を味わい、魂で吸収している。

私は、西加奈子という化け物を、心の底から尊敬し、そして恐れている。もう話すことができなくなってしまった大好きな編集者さんに、大丈夫です、彼女は化け物なんです、と伝えたかった。編集さんは、笑ってくれたと思う。

彼女は今カナダにいて、交わす言葉は文字がメインになった。けれど、こうして彼女に関して文字を綴っている今も、ああ、食べられている、と感じている。そして彼女の言葉に触発され、小説を嘔吐する。

本音をいえば、このエッセイにこうして言葉を加えている今、飛行機に飛び乗って彼女の元へ走っていきたい。その不気味なほど純粋な言葉を永遠に吸収したい。私にそうまで思わせる人間がいることが、怖くもある。しかし、人間としてだけでなく小説家としても、その存在との出会いを恵まれたことだと思っている以上、一人の小説家として、どうしてもそれに逆らうことはできずにいる。

（「特集＊西加奈子」二〇二〇年十一月号「ユリイカ」）

あとがき

自分の「書評集」が出る、と聞いて、私は久しぶりに、きりりと心地よく、自分の気持ちが引き締まっているのを感じていた。

私は子供のころから、好きな本は「自分の物語」だと思ってしまう。自分の内面が激しく反響するような物語に対して、異常な思い入れを持ってしまい、同じ作品を何度も買うことも多いし、好きなシーンを拡大コピーして、文字の大きさを変えて舐めるように読んだこともある。好きな場面や言葉を繰り返し、自分なりの解釈で何度も食べて楽しむ。それは自分と本だけの世界で、その世界の言語を他の人に見せることなど、まったく想像したことがなかった。

だから、最初に「書評」の依頼を頂いたときはとても緊張した。本はとても面白かったが、自分の本の読み方は変だという自覚があったので不安だった。自分だけの世界になってしまっていないか、読み違えていないか、未読の人に誤解を与えてしまわないか、心配でしょうがなかった。

けれど少しずつ、「その本から与えられた自分だけの言葉」を人に見せることが、そんなに奇妙で恥ずかしいことではないと感じるようになっていった。当たり前だが、同じ本の書評を百人が書いたら、百通りの全く違う言葉が存在することになる。私とその本の間にしか生まれない言葉を探すことは、そんなに的外れではないのではないか、と思えるようになった。

こうして、デビューしてから十五年の間書いてきた書評や本にまつわるエッセイを纏めて読むと、感慨深い。私はスピーチをするとき、「読書は、音楽に譬えれば、演奏だ」という、作家の小沢信男さんの言葉をよくお借りする。尊敬する方に教えていただいた、大切な言葉だ。その言葉に照らし合わせれば、これは、演奏者としてはとても拙い自分が、それでも必死に、素晴らしい楽譜を全身で奏でて、演奏してきた記録なのだと思う。

十年後、二十年後、私は同じ楽譜を違う風に演奏するのかもしれない。こうして纏められた書評の中にも、今だったらこんなことも書いたかもしれない、とか、この時だったからこの言葉を使ったのだな、とか思う箇所がある。読書は、だから、永遠に続くのだと思う。一度奏でて終わりなのでなく、この本たちを、私は何度も演奏しながら生きていくのだと思う。

当たり前だが、自分の好きな本ばかりが集まった一冊になった。もちろん、読んだことがない本の書評を頼まれることはあるが、依頼を受ける前に読ませてもらえるので、ちゃんと好きな本だけお受けできる。こうして纏めると既に読んでいて大切に思っていた作品に対する文章が多く、そうでなくても何かの理由で強烈に惹かれて読んだ本ばかりだ。「好きだ」と思った本についてしか書いていないんだなあと、当たり前のことかもしれないが改めて思った。好きな本ほど変な読み方をしてしまっているかもしれないが、こんな演奏もあるんだなあ、と気楽に楽しんでもらえればうれしい。

そして、この本をきっかけに、演奏者である読者の方に、たくさんの楽譜と出会っていただけたら、とても幸福だ。私とはまったく違う音楽が生まれるのだろうと、想像するだけでとても楽しい。

拙い演奏者の私だが、この本が、そんな素晴らしいきっかけになってくれれば、ともうれしく思う。

二〇一八年十一月

村田沙耶香

解説

島本理生

村田沙耶香さんはいつも、びっくりするほどたくさんの荷物を持っている。

旅行のときだけではなく、常日頃からどこへ行くにも両手が重たいカバンだらけなので、なにが入っているのだろう、と不思議に思う。

昔から貧血で倒れるという話も聞くし、〆切でふらふらになっている姿を見たりもするので、せめて移動中の荷物を減らしたほうがいいのでは……とも思うけど、でも、村田さんにとっては全て必要な物なのだろう。

ほかにも、自分だけの空想（と呼ぶのはもしかしたら正確ではないかもしれないが、ここでは村田さんにとっては切実で具体的なものたちと定義する）をとても大切にしている。

実際、みんなでお酒を飲んでいると、村田さんが現実の（という表現もまた微妙だが、ひとまず誰の目にも見える形の）人間以外の話をし始めることがある。

正直、最初はびっくりした。でもその感覚や感情に触れているうちに、びっくりするという自分の所作が、実は後付けされたものだと気付いた。

なぜなら私も、頭の中だけにいる自分の味方を泣くほど必要としていたことがあったからだ。でも、それはいつかかならず手放さなければいけないものだし、ましてや他人に喋るなんて普通じゃないから口外してはいけないと思っていた。

だけど、それは本当にいけないことだったのだろうか。

村田さんのたくさんのカバンや頭の中の世界は、多くの人が本当は愛していたのに、隠したほうがいい、必要ない、と言われて見捨てざるを得なかったものの象徴のように、私には思える。

そして作家という一見自由な肩書を持っていても、隙あらば「普通」は侵略してくる。たとえ誰にも迷惑をかけていなくても。そして、あっけなく打ちのめされる。多数決や強い言葉に。

そんなとき、大事なものを全て持ち歩き続ける村田さんの姿を思い出すのだ。その小柄な体で、傍目（はため）にはどんなに重たくて不要に見えても。それは強さであると同時に、真の意味で健やかなことでもあると私は思う。だから小説でもエッセイでも、彼女の言葉は読んだ人の心を励まし、解放するのだろう。

本書は、そんな村田さんの端々が、読んだ本を通して実感できる。

本にまつわる文章の難しさは、どこまで内容を紹介して、どの部分を引用し、なにを主観で語るかといった一つ一つが、その本の印象を決定づけてしまうことだ。その本を愛しているほど、誤読はしていないか、読み手を誤解させないか、という不安は尽きない。

それでいて、どんなに真摯に向き合っても、その本を完璧に正確に語ることなんて不可能だ。なぜなら読んだ本について語るとき、それはすでに語り手の一部となっているから。

まさに「私が食べた本」というタイトルの通り、書評って食事みたいなのだ。食した本が自分の中で混ざり、取り込まれて血肉となり、形になる。

だから本書も隅々まで村田さんの神経や感覚が行き渡っていて、それがどれもこれも面白いので、取り上げられた本も片っ端から読みたくなった。また既に読んだことのある本も、村田さんに取り込まれるとこんなふうになるのか、と驚いた。

たとえば宮沢賢治『注文の多い料理店』について書かれた「平仮名も片仮名も本の中を動き回っているようだった」という表現などは、自分では絶対に思いつかないものだ。それでいて生理的に、分かる、と思わず言いたくなった。漠然としていた感覚を言語化してもらえた瞬間って気持ちがいい。

引用にしても、心奪われる箇所が的確に抜かれている。古井由吉『やすらい花』の「女のわたしがどうして女の匂いになやまされなくてはならないの」という一文を読んだだけで、私はもうこの小説が気になって仕方なく、翌日、本屋に走った。

私が個人的にもっとも村田さんの神髄に触れたように感じたのは、「自分だけの『学問』のために」と「脳の作り上げた箱庭の中で」の二編だ。

前者では、無垢でプライベートな魔法であった行為が、恋愛相手に囚われた肉体のための自慰へと変化したことが綴られている。性愛を知った後ではなく、知る前のほうが無色できらきらとした出来事として書かれていたのが、非常に印象的だった。

他者が介入する前の肉体の煌きは、たしかに本来は純粋なものだったはずなのに、なぜか得体のしれない気味の悪さにずっと覆われていた。それはもしかしたら誰かにそう言われたのかもしれない。あるいは無言のうちに察したのだろうか。

大抵の子供は、性を知る前に、それらが恥ずかしくて隠すべきことだと教えられる。でもそれは紛れもなく自分の内にあるものなのだ。私はこの章を読んで、元々自分に備わっていたものを、成長する過程で、どれほどごく自然に否定されて、それゆえに否定してきたのだろう、と思い知った。

そして「脳の作り上げた箱庭の中で」で、その否定は鮮やかに反転する。

吉村萬壱さんの小説は私も好きだが、その独自の世界観を単純に捉えたときに、女性が読んでも抵抗を抱かないのはなぜだろう、と以前から少し不思議に感じていた。

「彼女は不浄の道を進んでいるのに、精神的にはとても潔癖だ。汚物にまみれた彼女の世界は彼女にとっては無菌室であり、そのせいかどこか美しくも思える」という箇所を読んで、たしかにそうだ、と納得した。たとえ登場人物が汚物にまみれても——むしろ汚物を受け入れるほど、不要な外の世界がそぎ落とされ、その人自身の純粋さが揺るぎないものとなって、読者の前に姿を現すのだと。

その反転は、村田さんの世界観にも通ずるものがあると思う。

考えることさえせずに嫌悪して、見ないふりするのが当たり前だと思っていたものたち。それらの懸け橋となる言葉を、村田さんは生み出す。そして橋を渡してもらったことで、それらがたしかに自分の一部であることを思い出す。まだ性別すら意識しなくてよかった頃には、決して怖いものではなかったことも。

本当は私だって嫌いたくなかった。そんな心の声に気付かされた。

本書は、読んだ本以外にも、自身の小説や、他の作家について書かれたエッセイまで収録されていて、とても贅沢な一冊だ。

個人的な主観ではあるが、村田さん自身の小説について書かれた章にはまた少し異なる揺らぎというか、遠くなったり近くなったり、余白のようなものがまだそこにあるような気がして、それもまた胸に残った。光栄なことに私の小説の解説も収録されているが、こうしてあらためて読むと、自分よりも村田さんのほうが私の小説について知ってくれているような感慨を抱いた。そして西加奈子さんについてのエッセイでは、紛れもなく作家としての村田沙耶香がそこにいる、と思った。

作家はある対象について書くとき、それが思い入れのある存在であればあるほど、どこかに毅然と突き放すような眼差しを持っていなければならない。愛情があるほど観察は深くなり、言葉は鋭さを伴う。その結果、誤解する人だってきっといるだろう。それでも対象と読者を信じて書くのだ。それを必要としている人と、なによりも油断すれば簡単に不浄にまみれてしまう自分自身のために。

本を愛する人がいるかぎり、「唯一の、顔色を窺わずに、自由に祈ることができる小説という教会」は、きっと永遠に失われない。

最後に、私がずっと覚えている一冊の本について、少し語りたいと思う。

それは吉本ばなな『TUGUMI』の文庫本だった。

めちゃくちゃ体が弱いのに意地悪で美しくて変に崇高なつぐみと従妹のまりあとの

不思議な友情は、読んだ当時、少女だった私の心を強くとらえた。もうじき無くなる海辺の町の旅館で過ごす夏、というストーリーにもわくわくした。あのときの私は本を読むことで、主人公たちと一緒にひと夏の体験をしたのだ。

そして安原顯氏による文庫解説まで読んだときに、「つぐみは、坂口安吾の『夜長姫と耳男』の夜長姫のようにカッコいい」という運命的な一文に出会った。それで興味を抱いて、すぐに坂口安吾を図書館で借りた。『夜長姫と耳男』もまた最高の小説だった。今でも両者共に大好きな作家である。

このエッセイ集も村田沙耶香さんを通して、たくさんの最高の本との出会いが読者に訪れるのだ。そのことを想像すると、私まで幸福な気分になる。

（しまもと りお／作家）

私が食べた本（わたしがたべたほん）　朝日文庫

2021年12月30日　第1刷発行

著　者　村田沙耶香（むらたさやか）

発行者　三宮博信
発行所　朝日新聞出版
〒104-8011　東京都中央区築地5-3-2
電話　03-5541-8832（編集）
03-5540-7793（販売）
印刷製本　大日本印刷株式会社

Published in Japan by Asahi Shimbun Publications Inc.
定価はカバーに表示してあります

ISBN978-4-02-265024-5